U0000519

Contents

黑夜猶如濃墨一般渲染了整個奧斯曼王國。廣大遼闊的奧斯曼森林瀰漫著詭譎的白霧，森林中傳來陣陣狼嚎聲。

克利夫揹著竹簍，氣喘吁吁地在森林小路奔跑，他感覺到那些狼群的聲音離他越來越近。他被狼群發現了，這些狼正緊緊跟在他身後，牠們已經將他包圍住，要不了多久，克利夫就會成為狼群的大餐。

真是太倒楣了，克利夫心想。

他不該不信邪的，奧斯曼森林擁有其他地方難以覓得的稀有藥草，還有各式各樣的野生動物，物資富饒到宛如受到森林之神的祝福，是奧斯曼王國的寶庫。

然而奧斯曼森林又是吸血鬼的地盤，這些吸血鬼為了守護地盤，對奧斯曼森林施加了詛咒，凡經過森林的旅人稍有不慎，便會在森林中迷失方向，若是到了晚上仍走不出森林，將會淪為吸血鬼的美食。

過去有許多奧斯曼王國的居民就是這樣消失的。有人走進森林後就此人間蒸發，毫無音訊。有人在森林中遇害，直到屍體都腐爛成枯骨才被人發現。

克利夫也是這個倒楣蛋之一，他也不知怎麼地，明明是照著地圖走，等回過神來時，發現自己又回到了原地，直到月亮都高掛夜空了，克利夫依然找不到回家的路。

克利夫很害怕，森林裡能威脅人類的生物不只吸血鬼，還有熊與狼。他想著自己被狼群啃食的畫面，一個不小心絆倒在地上。

「啊……」克利夫在黑暗中看到一雙雙發光的眼睛，他嚇得臉色發白，渾身瑟瑟發抖。一隻隻壯碩的野狼從草叢中現身，齜牙咧嘴地將他團團包圍。

「尊敬的太陽之神，請您救救我！」克利夫腿軟地跪在地上，抽抽噎噎地握手祈禱。「我、我不想死啊！」

要不是已經窮途末路了，克利夫也不會來這裡。他只是想摘一些珍貴藥草，換取金錢吃上一些像樣的東西。可想不到還沒填飽肚子，就要成為其他野獸的盤中餐了。

為首的狼發出一聲咆哮，其他野狼彷彿收到信號，同一時間朝克利夫衝去。

「啊啊啊啊——」克利夫發出撕心裂肺的慘叫，嚇得心臟驟停。

就在此時，一支支銳利的冰箭從天而降，冰箭帶著刺骨的寒氣，在黑夜中閃爍著冰寒的光芒，插在了地上。

頃刻之間，地面被一片冰霜覆蓋，所有野狼的腳都被凍住，野狼們瞬間動彈不得，也被眼前的突發狀況嚇得發出嗚咽慘叫。

克利夫在黑暗中聽見一絲輕微的嘆息聲。

克利夫僵硬地轉過頭，在高聳的林木間看到一名青年。

青年的上半身隱沒在黑暗中，他穿著一身黑色的西式貴族服飾，纖弱的指間流竄著寒氣。看著那隻掌握著一團寒氣的手，克利夫嚇得大氣都不敢喘一下。

吸血鬼。

那雙毫無血色的雙手，還有銳利的指甲，毫無疑問是吸血鬼才有的特徵。

「人類。」吸血鬼在黑暗之中，緩緩開口了。

他的聲音帶著一股飄忽感，彷彿幽靈在耳邊呢喃。當青年邁步踏上月光鋪成的銀白絨毯時，克利夫愣愣地瞧著青年，一時喪失了言語。

青年有著宛若鮮血般艷紅的眼瞳，垂至肩頭的雪白頭髮，他膚白若雪，身形相當纖瘦，彷彿風一吹就會化為沙塵散去。青年有一張迷惑人心的俊美面容，但看起來沒什麼精神，整個人虛弱得只差一口氣就要躺進棺材。

……而他也確實是從棺材裡爬出來的種族。

「人類，你膽子很大。」青年散去手上的寒氣，以淡漠的眼神瞧著跪在地上的克利夫。

克利夫渾身抖得跟篩子一樣，在他的認知中，吸血鬼可是相當強大且具有高度智慧的魔物，他們是這座森林的主人，高傲且嗜血。人類對他們而言只是食物，就像人類會眷養家畜一樣，吸血鬼也有類似的行為，他們會將人類監禁在自己的領地，並稱其為血奴。成為吸血鬼奴隸的人類幾乎都沒再回到人類社會。

克利夫不敢想像那是多慘無人道的生活，但想要活命，他別無選擇。

「尊貴的吸血鬼大人，請讓我成為您的血奴吧！」他跪在地上，對著吸血鬼用力磕頭。

所有奧斯曼王國的居民都知道，普通人遇上吸血鬼只會有兩種下場——當場被吸乾血而死，或是被吸血鬼帶回領地成為血奴。

他不想死，所以只能選擇後者。

吸血鬼挑起一邊眉毛，他走到克利夫面前，以修長的指尖緩緩挑起對方的下巴。

那冰冷的眼神看得克利夫遍體生寒。

吸血鬼青年上下打量著克利夫，以毫無情緒的嗓音說道：「要成為我艾路狄家的血奴可不容易，你有這個決心嗎？」

「我、我有！」克利夫為了活命，大聲表明自己的決心。「不管什麼我都會做！為您挖礦墾田、做牛做馬、什麼都行，只要您能饒我——」

「行了。」吸血鬼青年打斷他的話，連珠炮似地開始交代起來：「那就這麼說定了，從明天開始，你必須每天工作五小時、月休八日、冬季休兩個月。領地供三餐，記住，三餐都要吃飽，每餐必須有肉、蛋、穀類跟蔬菜，少一樣都不行，不許偷懶挑食。除此之外，每天早上跑一公里、伏地挺身五十下、晚上睡滿八小時。」

「……啊？」

「我母親可是很挑的，我們只收健康的血奴，只要你做不到上述任何一項，就給我滾出去。這是我艾路狄家的規矩，明白？」

三餐有肉可吃……還可以每天睡滿八小時……？他、他這是在作夢嗎？

克利夫連一天吃到兩餐都有困難了，對他而言，這是有錢人才有的特權，克利夫平時都是吃清湯寡水的碎肉粥、如石頭般乾硬的黑麥麵包，偶爾喝上一杯劣質的麥酒。

克利夫用力捏了一下自己的臉頰。當他看到吸血鬼對他投來一個冰寒的眼神時，立刻一顫，從地上跳起，趕緊追上對方的腳步。

「誓死追隨您！艾路狄吸血鬼大人！」

「……我叫伊凡。」

「伊凡大人！我這輩子都是您的奴隸！」

「……」

Chapter.1 聖騎士與吸血鬼

在奧斯曼王國雄偉的神殿裡，一群神職人員正虔誠地低頭向太陽之神祈禱。而在這群神職人員的前方，佇立著一群身姿英挺、穿著雪白騎士制服、配戴銀色長劍的聖騎士。騎士們伸出右手，掌心覆於胸膛上，以莊嚴的姿態向太陽之神立下誓約。

位於後方的普通信徒們忍不住將目光放到這群英挺的男人們身上，尤其是那名站在騎士團正前方的青年。

青年有一頭金黃色的短髮，如天空般湛藍的眼眸，他的容貌彷彿是太陽之神親自打造一般，從那美好的唇形、挺立的鼻子到深邃的眼睛，都讓人挑不出一絲缺點，英俊得讓人無法移開目光。青年帶著肅穆的神情，在陽光下闔眼祈禱著，其姿態神聖得有如太陽之神親自降臨，讓所有注視他的人不禁為之屏息。

「喂，你聽說了嗎？」一名待在神殿後方的信徒似乎是覺得祈禱太過無聊，用手肘撞了一下身旁的朋友，悄聲說道：「昨晚又有人被吸血鬼擄走了。」

「真的假的?!」

「噓，」信徒趕緊摀住朋友的嘴，心驚膽顫地望了前排的青年一眼。「小聲一點，還在祈禱呢。

我是早上聽那群祭司講的，聽說有個信徒昨天晚上去奧斯曼森林採藥草，結果遇上吸血鬼，就此失蹤了。」

「天啊……」另一名信徒神色蒼白地喃喃。「太可怕了，光是這個月就有三個人被擄走，這群吸血鬼簡直不把人看在眼裡。」

「可不是嗎？對他們來說，人類只是食物。聽說那些被擄走的人都被當成家畜，監禁在吸血鬼的領地呢，只要吸血鬼餓了，他們隨時得獻上自己的脖子。」

「噢，太陽之神，請保佑那些可憐的子民吧……」

就在此時，站在神殿最前方的聖騎士回過頭，皺著眉頭看了兩人一眼。兩位信徒知道自己討論得太大聲，影響祈禱了，遂而悻悻然地低頭裝沒事。

「尤里西斯，別把那些人放在心上。」站在青年斜後方的聖騎士壓低了嗓音說道。

尤里西斯點點頭，重新垂下眼簾，嘴中低喃著讚美太陽之神的詩詞。

祈禱結束後，尤里西斯帶著正經的神情，率領著一眾聖騎士離開現場。他可以感受到整個大廳的人們目光都聚集在他身上。

屠龍英雄尤里西斯、奧斯曼王國的黃金單身漢，人們為尤里西斯冠上各式各樣的夢幻稱呼，但尤里西斯完全無感。

此刻他只想回到溫暖的家，跟心愛的妹妹一起吃晚餐，好好洗澡睡個覺。離開了這麼久，妹妹一定很想他。尤里西斯用龍角換來一袋沉甸甸的銀幣，他打算把這些當成妹妹的嫁妝。

想到這裡，尤里西斯立刻把吸血鬼拋在腦後，心情變得很好。雖然他是平民出身，照理來說攢不了這麼多錢，但多虧他是個聖騎士，聖騎士的薪水很高，他在城中也有個兩房一廳的小房子，如今這袋錢幣加上一紙不動產契約，再加上他的職業與名聲，應該可以讓妹妹風光地出嫁，不至於被夫家瞧不起。

可惜不到幾分鐘，一名身著黃白相間神職服的樞機主教便打壞了他的好心情。

「尤里西斯，國王陛下召見你。」樞機對他頷首示意。

「現在？」尤里西斯皺起眉頭。「我才剛回來，得先回家一趟。」

「陛下說是急事，請您盡快過去。」

尤里西斯的嘴角垂了下去，他滿心不甘願，但依舊保持著正經的模樣，點了點頭。

「我知道了。」

「陛下真不是人，以為我們聖騎士都不用休息的嗎？」一名走在尤里西斯後方的聖騎士喃喃抱怨著。「我還來不及回宿舍換個衣服呢！陛下憑什麼把我們叫過去啊？我們可是隸屬於神殿的聖騎士。」

「吸血鬼。」尤里西斯不用想也知道肯定是為了這件事。

在奧斯曼王國，吸血鬼是這國家的惡夢、揮之不去的毒瘤，就連三歲小孩聽到他們都會嚇哭。

他們是奧斯曼森林的古老居民，也是一群傲慢的惡魔。從建國以來，這群惡徒擄走了無數居民，啃過的人類屍骨多到堆成一座山，也與奧斯曼王國爆發了數次激烈衝突。

反派吸血鬼的求生哲學

在吸血鬼的威脅下，國內有九成的人口都信仰太陽之神。太陽神教發展蓬勃，先有聖女坐鎮神殿引領民心，後有聖騎士團剷除邪惡，這些神職人員使用吸血鬼最厭惡的聖光魔法，手持聖光加持過的騎士之劍，誓言有朝一日必將剷除所有吸血鬼。

在太陽教的守護下，吸血鬼襲擊人類的事件大幅減少，如今這群吸血鬼深居於森林，鮮少出沒，與奧斯曼王國保持井水不犯河水的關係。

現在一個月出現三起人口失蹤案件，這件事想必會在王城引起一陣恐慌吧？畢竟以前幾個月都不見得能聽到一個人類在奧斯曼森林失蹤，可現在一個月便出現了三個。

尤里西斯一邊想著能不能將此趟行程當作臨時加班，報告給人事部，一邊來到城堡。

比起執著於討伐吸血鬼的太陽神殿，王國貴族早就放棄趕走這群吸血鬼了。提到討伐吸血鬼，奧斯曼的貴族們不是裝作沒聽到就是轉移話題，比起吸血鬼，他們更在意奢華的珍饈美酒、領地居民繳納的稅金，但這一代國王不同。

新國王對吸血鬼十分感冒，三不五時就找神殿商量討伐吸血鬼，可說是跟吸血鬼沒完沒了。

尤里西斯來到奧斯曼國王面前，行了個騎士之禮。

「參見奧斯曼太陽。」

這一位正值青壯年的國王名為巴澤爾，從小便展露鋒芒，行事果斷狠準，年僅二十歲便繼承了王位。一上任，年輕國王便展現出色的領導能力，將王國整頓得井井有條，跟王國的王公貴族和太陽神殿都維持著良好關係，只有吸血鬼與他關係交惡。

「你終於來了，尤里西斯。」巴澤爾以不失威嚴的冷肅嗓音開口：「聽說你的老師請了長假，由你暫代聖騎士長職務。」

「是的，老師在這次的屠龍討伐中受了傷，需要休養數月。」

「真是遺憾，不過後生可畏，你老師也到了退休年齡，是時候讓你接手了。」

「您過獎了，我仍有許多不足之處。」

現任國王是個急性子，他不喜客套，再加上對尤里西斯也熟識，三兩句寒暄便直接進入正題：「我想你已經知道了，在你們離開王城的期間，已經有三位居民失蹤。一位孤兒在育幼院的後院玩耍時被吸血鬼帶走，一位年輕未婚少女在夜晚的街道上被吸血鬼擄走，還有一位農民去森林採藥草時被吸血鬼襲擊，就此失去蹤影。」

尤里西斯面無表情，他開始懷疑這群吸血鬼是不是故意的，他們聖騎士團不過為了討伐任務暫離王城一個月，結果這一個月出現的吸血鬼案件比過去一年還多。

「聖騎士必將懲戒這群惡徒。」尤里西斯講出他老師專門用來敷衍貴族的口頭禪。

「別敷衍我，我不吃這套。」國王同樣面無表情地回應，這句話他從還是王儲時就經常聽到，如今二十年過去了，一隻吸血鬼也沒少。「討伐吸血鬼是你們聖騎士的專業，依你的遠見，哪個吸血鬼最有可能擄人？」

尤里西斯很想反問哪個吸血鬼沒擄過人。但他忍住了。

「也許是吸血鬼女王。」他隨便挑了句鬼話講，見鬼說鬼話。吸血鬼女王是奧斯曼森林最強大的吸血鬼。

「你們這些聖騎士除了吸血鬼女王，講不出其他人選了嗎？」巴澤爾不耐煩地用手指敲了敲王座，開始質疑起他的專業：「你熟知三大吸血鬼慘案吧？」

尤里西斯點點頭。他從小作為聖騎士長的接班人，對吸血鬼的惡行耳熟能詳。

打從建國之初，奧斯曼王國就跟那些住在森林裡的吸血鬼結下孽緣。這些吸血鬼占據著王國最肥沃的領地，許多貴族的資產甚至不到他們的十分之一，偏偏這些暴發戶不繳稅、不接受王國統治，讓歷代統治者頭疼不已。

為何不用繳稅？很簡單，吸血鬼實力強大，幹過的惡行不計其數，其中三件更是留名青史，沒人敢上門討債。

「自然是知道的。」

「那你說說？」

「聖女懷鬼胎、侯爵遭滅門，還有……王子被俘虜事件。」

這三樁惡行，不論哪一件都天理難容，不論哪一件都在當年造成全國轟動，卻又讓人束手無策。這些故事記載於人類歷史中，成為吟遊詩人的傳唱題材，或是神殿用來警惕信徒的寓言。

不論是貴族、平民，甚至是太陽神的代言人，過去都曾慘遭吸血鬼毒手。吸血鬼很公平，他們不會因為人類的身分貴賤而有所區別，因為在他們眼裡，所有人類都是他們的食物。

這三大慘案有的是距今千年前的古老傳說，有的是數百年前的真實案件，還有一個案件的受害者家屬就站在他面前。

見到巴澤爾的神色黯淡下來，尤里西斯語帶歉意地表示：「我很遺憾，陛下。雖然當時我尚未出生，但我聽說二王子被擄時，您比誰都焦急，只可惜搜救無果。」

雖然至今仍有民間傳言二王子被擄是大王子一手策劃的，可是看巴澤爾的反應，尤里西斯不認為事情真相是如此。

「沒事，很久以前的事了。」巴澤爾揮了揮手，嘆了口氣。「那時你還沒出生，也許不清楚事情的經過。總之二十年前……我弟弟萊特在森林裡採藥草時，不幸遇到吸血鬼女王，他被女王綁架回領地，就此人間蒸發。從森林逃回來的侍從說他成為了吸血鬼女王的奴僕，女王將他監禁在領地，過著不見天日的生活。」

尤里西斯點點頭，到這裡為止都跟他聽到的一樣，國王卻道出了故事的後續。

「這些年來，我從未放棄尋找王弟。我的下屬曾在吸血鬼女王的領地附近目擊到一名孩童，據說他的外貌跟我弟弟有六七分相似，那孩子自稱吸血鬼女王之子。」

巴澤爾望向窗外，表情看似歷經滄桑。

「那孩童有雙赤紅的眼瞳，面容蒼白、氣質冰冷，身旁圍繞著森森寒氣，他身形如鬼魅，被王城居民稱為奧斯曼的幽靈。」

奧斯曼的幽靈。

尤里西斯雖未曾目擊過，但時有耳聞。據說那吸血鬼的長相極為俊美，就是看起來有點營養不良，說話也有氣無力，彷彿鬼在耳邊呢喃。

「照理來說，吸血鬼無法使用暗屬性以外的魔法，但那名吸血鬼卻能使用各種屬性的魔法，還有還有一張擅於蠱惑人心的嘴，傳說只要是他看上的人類，一個都逃不了。可是他戒心很強，不會輕易現身。」巴澤爾國王定睛看向尤里西斯，認真地分析起來：「眼下那孩子應該也長大了……他肯定會成為不輸吸血鬼女王的惡徒。」

巴澤爾擰了擰眉，神色難掩痛苦，語氣也萬分糾結：「我實在無法睜一隻眼閉一隻眼了，身為國王，我必須阻止這一切，不能讓發生在萊特身上的悲劇再度發生。我們必須阻止這個猖狂的吸血鬼女王和她背後的家族。」

「艾路狄家族嗎？」尤里西斯喃喃，「這可能比屠龍還難一些。」

強大的吸血鬼都有自己的姓氏，他們以姓氏為榮，重視家族榮譽。而艾路狄家族，是當今奧斯曼王國最強大的吸血鬼家族，他們在數次與人類的激烈衝突中都大獲全勝，連王族也敢綁架，當今執掌家主之位的吸血鬼女王更是被譽為奧斯曼王國現今最強大的吸血鬼。

「除了你，我不知道還能拜託誰。我有預感，弟弟他還活著……只要闖進艾路狄家族的領地，就能見到他。」巴澤爾難得露出脆弱的一面，以卑微的語氣懇求：「你是這個國家的英雄，尤里西斯。請你殲滅艾路狄家族，救出萊特。」

眼見自家國王都說到這個份上了，尤里西斯無法拒絕。「我盡力，陛下。」

「只要你能解決艾路狄家，我就將我的女兒——」

「先不要。」

「……」

國王與聖騎士你看我、我看你，現場尷尬得彷彿可以摳出一個城堡。

其實這也是老話題了，故事也老掉牙。大致上就是公主對他一見鍾情，展開熱烈的追求，常以各種藉口來神殿找他，還邀他參加自己的成年舞會。人家是王國的掌上明珠，尤里西斯也不好拒絕，因為當眾拒絕公主可能會影響到他的形象，而形象下滑可能會影響到年終獎金。為了豐厚的年終獎金，尤里西斯只能逢場作戲。

想到公主假惺惺的笑容，尤里西斯渾身起雞皮疙瘩，他臉上維持著禮貌，起身向巴澤爾行了一禮，假裝沒事地為自己找臺階下：「我是說，公主殿下身分尊貴，又是陛下唯一的女兒，不管要做什麼都請陛下謹慎考慮。我這就回神殿籌備獵捕吸血鬼的事宜，先告辭了，陛下。」

說實話，他也不曉得該怎麼找到奧斯曼的幽靈，畢竟大部分吸血鬼不會蠢到在聖騎士面前現身。他們是一群狡猾且謹慎的惡魔，想出現就出現，不想出現的時候連個影子都捉不著。

尤里西斯打算明天先去那位農民遇襲的地方搜查看看，他一邊思考著獵捕吸血鬼的計畫，一邊回到家。

雖然聖騎士可以住在神殿的宿舍，但尤里西斯沒有這麼做，他選擇跟妹妹一起住在離市集較近的一棟小房子裡，畢竟妹妹只有他一人可以依靠。

當他推開門時，一名綁著馬尾，容貌嬌俏的少女從餐桌前猛然站起身，滿臉驚喜地抱住他。

「哥哥！」少女興奮地將尤里西斯抱個滿懷。

「我回來了，貝莉安。」尤里西斯的嘴角微微上揚，緊緊將少女抱在懷裡。「這一個月來還好嗎？有沒有遇到什麼麻煩？」

少女在他懷中用力搖搖頭，踮起腳尖朝他的臉頰輕輕一吻。「哥哥，我好想你。」

「我也是。」尤里西斯憐愛地摸了摸自家親妹的頭，這才注意到今天的晚餐頗為豐盛。

桌上擺著散發出誘人甜香的奶油燉肉濃湯和金黃焦脆的胡椒鰻魚派，鬆軟的白麵包與奧斯曼乳酪擺在一起，旁邊還有進口櫻桃、蘋果、穆赫辛無花果作為飯後水果。

一直被忽略的飢餓感瞬間湧上，尤里西斯被自家妹妹按著入座，忍不住吞了一口口水。

「哥哥在外面奔波一個月辛苦了，趕緊來吃飯吧。」貝莉安殷勤地幫他切派遞過去。「這是我第一次嘗試做鰻魚派，做得不好吃也得誇獎我。」

雖然味道有點腥，但尤里西斯還是很捧場地表示：「很好吃。」

貝莉安開心地笑了，還要他多吃一點。

尤里西斯曾想過，他要幫貝莉安找一個跟他一樣，不論貝莉安做得如何都會給予肯定的對象，但要找到這樣的對象似乎很難，基本上也沒人會在乎這一點。

「貝莉安，多多羅伯爵有來找妳嗎？」

聞言，貝莉安差點嗆到，她咳了幾聲，頓時露出勉強的笑容。「有的，哥哥。我有去多多羅伯爵家量婚紗尺寸，已經準備得差不多了。」

尤里西斯滿意地點點頭。

就在數個月前，多多羅伯爵請求尤里西斯將寶貝妹妹貝莉安嫁給他，就他所知，伯爵家財萬貫、在奧斯曼王國的邊境還有不錯的領地。這樣一位出身顯赫的人竟然願意娶一個平民出身的少女，再加上多多羅伯爵長得還算英俊，在貴族圈的名聲也頗好，算一算貝莉安也已經到適婚年齡了，要是成為伯爵夫人，貝莉安就能過上不愁吃穿的幸福生活。

尤里西斯對這個結婚對象頗為滿意，所以雖然內心備感不捨，還是同意了這門婚事。

「哥哥這次靠賣龍角賺了不少錢，這些嫁妝應該能讓你在伯爵家得到敬重。貴族圈很注重面子，他們看到妳那豐厚的嫁妝，會少說些閒言閒語。這是哥哥唯一能為妳做的事。」

他不希望貝莉安嫁過去後被貴族圈的人歧視，所以嫁妝一定要送得夠豐厚才行。

「哥哥，那個多多羅伯爵……」

「嗯？」

貝莉安欲言又止，最後還是搖搖頭，露出開心的笑容，「沒什麼，謝謝哥哥。」

說完後，貝莉安主動舀了一碗湯遞到尤里西斯面前，殷勤地招呼起來：「哥哥在外奔波了一個月，一定很累吧？多吃一點。我想聽你說屠龍的事蹟，那隻龍那麼可怕，哥哥是怎麼解決的啊？」

尤里西斯雖然覺得貝莉安的情緒有些低落，但他沒有多加在意。要踏入貴族圈，肯定會有些忐忑不安，但他相信多多羅伯爵能給貝莉安一個富裕無憂的生活。

他開始講述這一個月來漫長的屠龍過程，兄妹倆溫馨地享用午餐，下午又去了商店街逛街，添購了許多衣服、珠寶，尤里西斯看著穿著新洋裝的貝莉安，內心備感欣慰。

貝莉安，與他相依為命的妹妹終於要嫁人了。在貝莉安嫁人後，往後的生活一定會很寂寞吧？但至少從小跟他一起吃苦的妹妹終於能過上幸福的生活了。他們倆從小在育幼院長大，偏鄉的育幼院資源有限，一群孩子都吃不飽、穿不暖，但也不至於餓死，就是生活過得說不上很好。尤里西斯剛滿十歲便帶著貝莉安到大城市謀生，如今衣食無憂，但尤里西斯認為貝莉安值得更好的生活。

「奧斯曼的幽靈？這就是哥哥的下一個目標嗎？」

尤里西斯點點頭，「吸血鬼的行蹤難以捉摸，想抓他們並非易事。」

強大的敵人並不可怕，可怕的是有腦的敵人。這群吸血鬼從不因為自己的強大而驕矜自滿，他們專挑落單的人下手，過去也曾有吸血鬼跟人口販子達成協議，直接從人口販子那「進貨」。他們也鮮少在擁有聖光屬性的人們面前現身，柿子專挑軟的吃。

雖說如此，尤里西斯也有幾次跟吸血鬼交手的經驗，大部分的吸血鬼看到他就落跑，但也有少數幾個吸血鬼跟他打得勢均力敵。

那些吸血鬼通常是「先天吸血鬼」，也就是吸血鬼誕下的孩子。與被吸血鬼轉化的後天吸血鬼不同，這些先天吸血鬼比一般的吸血鬼更強大，奧斯曼的幽靈也是其一。

「妳放心，哥哥會抓到他們的。」尤里西斯摸摸貝莉安的頭，為了守護家人的安全，他會盡力抓到這些可惡的吸血鬼。

畢竟他們聖騎士就是為了討伐吸血鬼而生的。

同一時間，遠在艾路狄領地的吸血鬼——伊凡．艾路狄打了一個大噴嚏。

伊凡揉了揉鼻子，放下手上的刀叉。

「您不吃了嗎，伊凡少爺？」艾路狄家族忠心耿耿的霍管家手上正拿著一瓶裝滿鮮血的酒瓶，看到伊凡放下刀叉，震驚得連酒瓶都拿不穩了。

伊凡望著躺在血泊中，僅有一分熟的牛排、紅彤彤的動物內臟濃湯還有顏色鮮紅的酒杯，頓時感到一陣反胃。他拿起桌上的餐包，小口小口地吃起來。

「少爺，您喝一點吧？這些都是早上從血奴身上榨來的新鮮血液，上次看到您喝血已經是幾個月前的事了。」

「不用了，沒胃口。」伊凡站起身，神色淡漠地瞄了桌上的精緻食物一眼，果斷地轉身離開。

「少爺！您別走啊，少爺！老爺說您至少得喝一點動物血，不然身體會撐不下去的！」

伊凡將霍管家的叮嚀拋在腦後，逕自走回臥房。

他吩咐僕人們不准讓任何人打擾他後，鎖上了房門。伊凡走到與臥房相接的專屬盥洗室，雙手撐在洗手臺上，對著鏡子乾嘔了幾聲。

到底是哪個喪心病狂的廚師出的主意?!居然在他的牛排上淋了人類血液，害他吃一口就差點吐出來！就算要逼他喝血，也不能這樣逼吧！

「可惡……」伊凡抹了抹嘴角，無力地蹲在地上，「要是喝了那種東西，我還算是人類嗎？太噁心了，怎麼能喝人血？」

沒錯，人類。

即使在異世界生活了十九年，伊凡依然認為自己是人類。

伊凡擁有前世記憶，上輩子的他只是一個平凡無奇，整天躺在病床上看小說的普通人類，某天心電圖發出了不妙的嗶嗶聲，伊凡白眼一翻，撒手人寰了。

再度睜開眼時，他竟然穿書重生了。

他穿進了生前最喜歡的小說——《吸血鬼帝王》中，而且穿的角色竟然還是書中的砲灰反派——伊凡．艾路狄。

真是見鬼了，雖然上輩子病死前，他的父母期許他下輩子成為健康長壽的孩子，但這也太長壽了吧?!轉生成吸血鬼是哪招？雖然只是半個吸血鬼，但這一半的吸血鬼血脈讓他擁有治癒力強大的肉體、如豹一般的矯捷身手，可這些有什麼用？伊凡可是注定要被主角尤里西斯殺死的反派！

《吸血鬼帝王》是本狗血復仇小說，主角尤里西斯原先是個身無分文的孤兒，從小跟妹妹相依為命，尤里西斯憑藉著強大的實力考上聖騎士，備受聖騎士長青睞，是騎士團中的明日新星。

一開始，尤里西斯只是將討伐吸血鬼視為工作之一，直到他的妹妹被吸血鬼殺死。

在那之後，尤里西斯踏上復仇之路，與奧斯曼的吸血鬼們展開一番鬥智鬥勇的廝殺。在討伐吸血鬼的途中，尤里西斯結識了不少女孩子，書裡有不少香豔刺激的福利鏡頭，可惜尤里西斯是個一心只有吸血鬼的大木頭，看到一個渾身赤裸的女孩子躺在身旁也無動於衷。

即使公主跟聖女都對他傾心不已，尤里西斯仍無視這些後宮佳麗的好感，專心向吸血鬼復仇。故事中共有四個主要反派，其中伊凡・艾路狄就是最先落敗的反派。

明明奧斯曼森林裡住著三大吸血鬼家族，艾路狄家也不是殺害他妹妹的真凶，但就因為這件事，艾路狄家成為了主角的刀下亡魂。

在伊凡看來，這個角色就是專門用來襯托其他吸血鬼有多強的砲灰，前期營造得多厲害，後期就死得多悽慘，原作的伊凡在臨死之際，還向尤里西斯放話他只是個半吸血鬼，其他吸血鬼都比他強上好幾倍。

媽的，還有這樣的嗎？別的家族惹事，還要他們艾路狄家族揹鍋？這聖騎士也是個白痴，把奧斯曼王國的吸血鬼幾乎都殺光了，才發現真凶是誰。

想到這段腦殘劇情，伊凡整個人都不好了。說到底，整件事的導火線就是尤里西斯的妹妹，只要他阻止尤里西斯的妹妹被殺死的劇情發生，主角應該就沒理由滅了他們家。

伊凡重新站起身，大步走向陽臺，對著夜空發出了幾個無聲的音波。

不到一會兒，他便看到遠方飛來一群蝙蝠，數百隻蝙蝠聚集在他身旁，占據了他的陽臺與屋簷。

「今天也一樣，找到那個女孩，棕色長髮綁馬尾、碧綠眼睛、長相俏麗，年輕未婚。」伊凡一邊回想書中對少女的敘述，一邊交代他的寵物們，「她應該會在蓋布爾家族的領地附近出沒，但你們不要一窩蜂地往那裡跑。」

萬一引起蓋布爾家族年輕當家主的注意，事情肯定會變得很難處理。

說到那個當家主，伊凡一陣咬牙切齒。他可是穿書進來的人，自然知道凶手是誰。尤里西斯之所以如此憎恨吸血鬼，就是因為他的妹妹遇到蓋布爾家的當家主，當家主想非禮妹妹，妹妹抵死不從，最後被當家主吸血後先姦後殺，被人發現渾身赤裸地陳屍在森林。

一顆老鼠屎壞了一鍋粥就是這個意思，要是他夠強大，早就把蓋布爾的當家主蓋布袋封在棺材裡埋入地心了。

此時，伊凡的臥房大門傳來了敲門聲。

伊凡滿心不耐煩，但為了保持吸血鬼的形象，還是擺出一副高冷的表情前去開門。

「我不是說不要讓任何人來打擾——」他說到一半，猛然停下話語。

站在門前的是一名年約三四十歲，面貌溫朗俊逸的人類男子。男子眉目溫和，身上泛著淡淡的藥草香，手中還捧著一碗深紅色的湯藥。

「伊凡，霍管家說你又不肯吃飯了。」男子語帶譴責地表示，「你可是吸血鬼，不吸血遲早會餓死的。看看你都瘦成什麼樣子了？你媽媽看到會擔心的。」

「我沒事，爸爸。」伊凡別過頭，假裝沒看到那碗湯藥。「我有一半的人類血脈，光吃人類的食物也能活。」

「人類的食物對吸血鬼來說只能當零食，你只吃零食，長期下來身體會變差的。」伊凡的父親將湯藥遞到伊凡面前，強迫他收下。「來，至少把這個喝了。我加了一些藥草去腥味，喝起來血液口感沒那麼重。」

說是這麼說，伊凡還是能聞到淡淡的血腥味，他皺著眉頭，勉為其難地接下這碗血湯。

「裡面加了你喜歡的番紅花，還撒了一些鹽，喝起來就像一般的湯，沒事的。」

「你喝過？」

「我沒喝。」

「……」

「你媽媽懷有身孕，爸爸可不能亂吃東西，免得影響到腹中胎兒。」

懷孕可不是一個人的事，對艾路狄家而言更是如此。伊凡的吸血鬼母親在懷孕期間比以往更需要營養，所以身為糧食的人類父親這幾個月來都嚴格規範自己的飲食，以防自身血液變了味。

伊凡偶爾會覺得這個家族很奇怪，但看父母如此恩愛的樣子，他也不好說什麼，畢竟一個願打一個願挨。

「伊凡，你很快就要當哥哥了，總得給弟妹做個榜樣——」

「知道了知道了，我會喝的。」伊凡向後退了幾步，做出要關門的樣子。「我還有事要忙，晚安了，爸爸，你早點睡。」

「一定要喝，知道嗎？明天晚上我會讓霍管家檢查你有沒有喝光。」

「我已經十九歲了，哪可能連一碗藥都不敢喝！」伊凡忍著羞赧駁斥回去，隨後關上了門。

說是這麼說，伊凡捧著那碗湯藥盯了老半天，他捏著鼻子，喝了一小口，下一秒差點吐出來。開什麼玩笑，這是人喝的東西嗎？雖然他確實不是人。

父親知道他不敢喝人血，所以在這碗湯藥裡混了一些鹿血與熊血進去，再加上一些去腥味的藥草和提味的鹽巴，讓伊凡覺得這玩意兒喝起來像嘔吐物。

他走到盆栽旁，偷偷摸摸地把湯藥倒進盆栽裡，隨後把空碗放在餐車托盤上，推到臥房門口。

伊凡忍著一絲暈眩，重新回到陽臺吩咐蝙蝠們，隨後揮了揮手，命令蝙蝠們散去。

他凝望著飛往森林四處的蝙蝠，開始仔細思索原作的劇情，根據他的印象，尤里西斯的妹妹是在訂婚期間遇害的，他曾命人去王城打聽尤里西斯妹妹的婚事，就在近期了。

在妹妹遇害前一天，尤里西斯跟妹妹一起吃午餐逛街，睡前溫馨地互道晚安，隔天醒來，尤里西斯便收到妹妹慘死的消息。

說起來，這女孩也怪可憐的，在林中被發現的時候，渾身赤裸地倒在血泊中、好幾處都被咬得面目全非，脖子上有明顯的掐痕，可說是死狀相當悽慘。這也導致尤里西斯有很長一段時間都處於崩潰的狀態，在森林裡到處獵殺吸血鬼。

可蓋布爾家族的吸血鬼再怎麼囂張也不可能到聖騎士家裡拐人，也就是說，尤里西斯的妹妹是深夜瞞著哥哥獨自外出的。

在這個封建保守的時代，一個女孩子深夜獨自走在路上是很危險的，伊凡不曉得對方在想什麼，不過不管怎麼樣，他得搶先一步找到人。

他從二樓陽臺上跳下來，邁著虛浮的腳步走向森林，當他經過人類村莊時，一名男子叫住他。

「伊凡少爺！」

伊凡停下腳步，神色淡漠地瞄了面色緊張的人類男子一眼。

男子是他昨晚帶回來的食物，伊凡記得他叫克利夫。「有什麼問題嗎？」

「沒有。」男子連忙搖搖頭，他低頭看著自己的腳尖，緊張地說：「我只是……只是想跟您道謝，我很久沒吃得這麼飽了，新居所也很溫暖舒適，謝謝您，我會努力工作的。」

伊凡別開目光，隨口交代幾句：「沒事就早點睡、多鍛鍊，有事就找托姆。早點養好身子加入捐血行列。」

「是，我會的！」克利夫大聲喊道，對他恭敬地鞠躬。「您是要去領地附近巡邏吧？路上小心。」

伊凡點點頭，頭也不回地離開這裡。在母親懷孕的期間，他就是艾路狄家的代理家主，要善盡領主的職責。

他絕對不會讓那顆老鼠屎毀了他們家，也不會讓聖騎士侵門踏戶。

伊凡舉起一隻手，嘴中喃喃著魔法咒語，鞏固了領地的結界。興許是用了太多魔力，伊凡感覺暈眩加重了，手腳也有些無力，他從懷中掏出一顆糖含在嘴裡，漫步於森林中。

隨著甜甜的糖液在舌尖上化開，伊凡覺得血糖（？）獲得了補充，精神也似乎好一點了。

伊凡在自家領地周圍巡視一圈，確認沒有問題後，他跳到樹上，眺望向森林西方。

蓋布爾家族的領地就在奧斯曼森林的西方，就伊凡所知，這個家族喜歡人類處子的血液，是處子血液愛好者，男女不拘，只要沒有性經驗就行。雖然伊凡跟他的兒時玩伴都看這個家族不順眼，但不可否認，蓋布爾家族很會經營形象，民間有不少吸血鬼與年輕未婚異性墜入愛河的浪漫故事，都是蓋布爾家族僱來的寫手杜撰的。伊凡覺得很可笑，偏偏有不少人類看完故事後，還真的跑去森林想找吸血鬼。

伊凡擔心尤里西斯的妹妹也是其中一員，他以飛快的速度穿梭於樹林之間，最後來到蓋布爾家族的領地附近。

說實話，這讓他有點緊張。他們家跟蓋布爾家關係並不好，只是勉強保持虛假的和平而已，要是真的起了利益衝突，誰也不曉得事情會怎麼發展。在母親懷孕期間，伊凡想盡量低調行事。

伊凡發現遠方飛來幾隻蝙蝠，他伸出手，讓蝙蝠停在自己的手臂上。

聽完蝙蝠們的匯報，伊凡眼睛一亮，他收回手，朝某個方向加快了腳步。

蝙蝠們發出吱吱聲在他身後翩翩飛舞，伊凡怕嚇到人類，揮揮手讓牠們與他保持一段距離。

這裡離蓋布爾家族的領地非常近，伊凡放輕了步伐，隱沒在黑暗中，無聲無息地接近目標。

很快地，他聽到一陣細微的哭聲。

伊凡緩緩慢下腳步。

他看見一名綁著馬尾的少女坐在路邊的石頭上，傷心地掩面哭泣。

少女穿著一身淺藍色的洋裝與高跟鞋，手上戴著鑲著珍珠與鑽石的漂亮手鍊，儼然像一個出身良好的貴族少女。

伊凡知道，少女並非貴族，能穿上這身衣服實屬不易。尤里西斯向來很捨得在自家人身上花錢。直到伊凡來到少女面前，少女都沒發現伊凡，吸血鬼就是如此可怕，人類根本招架不了。

「這裡很危險的。」伊凡虛浮的嗓音在黑暗中悠悠響起。

少女渾身一震，錯愕地抬起頭來。

「森林裡到處都是野獸跟魔物，妳的家人會擔心的，回去。」伊凡的嗓音清清冷冷的，不帶一絲感情。

「我……」少女眨了眨眼，她雙手放在膝蓋上，搖了搖頭。「我不能回去。」

「為什麼？」

「因為回去的話，我就得嫁給伯爵，我不想嫁給他。」少女沮喪地垂下頭。

伊凡不太明白，原作裡從沒提過這件事，他只知道尤里西斯一直為了妹妹沒能嫁給伯爵而痛苦。他覺得自己這副居高臨下的模樣不適合勸說少女，於是在少女身旁坐了下來。

「妳叫什麼名字？」

「貝莉安。」

聽到這裡，伊凡感覺這個人物終於鮮活了起來。在原作中，尤里西斯的妹妹是個僅用幾行字帶過的小角色。

伊凡在內心咀嚼著這個名字，一邊問道：「伯爵人不好嗎？」

「伯爵會對僕從施暴，私下也跟好幾個女生有親密往來。」貝莉安的語氣帶著幾絲茫然。「我去他們家量婚紗時，親眼看到伯爵打哭一名女僕。」

渣男啊。伊凡在內心感嘆著。

「我生氣地上前制止，但他威嚇我少管閒事，還坦白他只是想藉由聯姻跟哥哥攀關係，如果我敢拒絕這樁婚姻，他就要聯合其他貴族排擠哥哥。」貝莉安的嘴角勾起一抹悲傷的弧度。「我哥哥是未來的聖騎士長，他需要貴族的支持來穩固地位，若是我拒絕了，可能會影響哥哥升遷。」

說到此，貝莉安垂下眼簾。

「我不想為難哥哥，也不知該怎麼辦，只能來到這裡。」

果然還是太單純了。伊凡心想。尤里西斯可是未來的聖騎士長，還備受公主青睞。以他的身分完全不需要把伯爵的威脅放在眼裡，可兄妹倆是平民出身，不明白神殿對貴族圈的影響力，所以才會被這個伯爵騙得團團轉。

「妳很珍惜妳哥哥。」伊凡可以感受到這對兄妹間深厚的感情。「不是人人都敢來這裡的。」

「嗯，我哥哥從小與我相依為命，我們感情很好，他是這個國家的英雄，我不能成為哥哥的絆腳石。」貝莉安偏頭看向伊凡，無助的眼神中帶著一絲期盼。「吸血鬼先生，您能帶我走嗎？」

伊凡實在說不出拒絕的話。

「如果我帶妳走，妳哥哥會很傷心的。」伊凡說。「妳不想嫁給伯爵的話，應該跟妳哥哥說清楚，我想妳哥哥應該很愛妳，他會以妳的幸福為第一優先的。」

「我知道，他如果知道真相，一定會反對的。」貝莉安提到自家哥哥，聲音不自覺地柔和起來，表情卻也更加自責。「但這樣哥哥以後該怎麼辦呢……神殿必須跟王國貴族保持良好關係，如果哥哥跟貴族關係不好，會影響到他的事業。我若被吸血鬼帶走，至少沒有人會怪罪他……」

伊凡對上貝莉安的目光，從那漾著悲傷的眼眸中，他看見了自己的身影。

不想拖累家人的心情，他又何嘗不明白。在上輩子，伊凡得了癌症，只能躺在床上看著父母為他勞心勞力，自己卻什麼也做不了。

他唯一能做的，就是將痛苦的化療過程忍下來，告訴父母自己沒事。那種錐心刺骨的無力感，他也曾經有過。

有時候，他甚至會想，要是他走了，是不是父母就能獲得更好的生活？

伊凡不想知道，也不敢知道。但至少來這個世界以後，他從沒想過要回去原本的世界。

「那就去跟他好好道別，請他放心，別讓他耗盡一生惦記妳。」

他會因妳你的死，一頭栽進名為仇恨的怒火中，燒光整個奧斯曼森林。也會因為妳失去笑容，放棄獲得幸福的資格。

「妳已經是個成熟的大人了，知道該怎麼做吧？」

貝莉安的眼眶盈滿淚水，她喪失了言語，只能任憑眼淚不斷滑落。

伊凡知道自己應該勸貝莉安回家，或是展現出吸血鬼恐怖的一面，把貝莉安嚇得再也不敢來這裡，可他做不到。

「如果……我好好哥哥道別了，你可以帶我走嗎，吸血鬼先生？」

「可以。」

伊凡給予了承諾。

他左顧右盼，接著站起身，「但是現在已經很晚了，妳一個人回王城不安全。先跟我回去，明早我再送妳回王城。」

「好。」貝莉安揉了揉通紅的雙眼，跟著站起身。

她仰頭看著伊凡，真誠地發問：「吸血鬼先生，請問您叫什麼名字？」

「我是伊凡．艾路狄，是艾路狄家族的代理家主，吸血鬼女王伊若娜的長子。」

「我可以叫你伊凡哥哥嗎？」

「可以。」伊凡的聲音中泛著幾分笑意與自豪。

他的表情依舊淡漠，聲音也冰冰冷冷的，說出來的話卻無比溫柔：

「這裡有其他吸血鬼設下的迷霧魔法，牽著我的手，免得迷路了。」

聽到這裡，貝莉安終於破涕為笑。她牽住那隻纖細的手，雖感受到冰冷的溫度，她卻覺得這隻手溫暖得令人想哭。

少女就這麼與吸血鬼牽著手，頭也不回地走向白霧瀰漫的森林深處。

Chapter.2 最傲慢的吸血鬼

隔天一早，尤里西斯臉色慘白地站在清冷而空蕩的家中。

因為許久未能好好休息，他昨晚睡得太沉，完全沒聽到家裡有什麼動靜。當他醒來時，貝莉安已經消失了。

他挨家挨戶地詢問附近鄰居有無看到貝莉安，也跑去昨天逛過的店一一尋找，可是沒人見到貝莉安。

「尤里，」一名聖騎士敲了敲門，把他從失神中喚回神。「我們打聽到貝莉安小姐的下落了。」

「在哪裡?!」尤里西斯按住聖騎士同伴的雙肩，焦急地問。

「守、守衛西城門的侍衛說，昨晚有看到貝莉安小姐走出城門……」

「怎麼不阻止她！」

「貝莉安小姐說她只在附近晃晃，很快就會回來……」聖騎士的聲音越來越低，臉色越發難看。

「其他聖騎士兄弟已經趕去森林搜索了。」

雖說如此，但所有人都知道這位少女恐怕凶多吉少了，一個年輕未婚少女獨自擅闖奧斯曼森林無疑是在尋死。

「貝莉安……貝莉安！」尤里西斯整個人如墜冰窟，他騎上駿馬，以最快的速度奔馳到西城門口。

「副騎士長！」負責看守西城門口的守衛一看到他，驚恐地半膝跪在地上。「對不起！我不知道那是貝莉安小姐，應該阻止她的！」

「閉嘴，不管看到什麼人，你都該阻止！奧斯曼森林到了晚上就是魔物的地盤，就連我們聖騎士也不會大半夜隻身闖入森林裡！」尤里西斯對著守衛一陣怒吼。「你看到她走去哪裡了？」

守衛戰戰兢兢地指了個方向。

尤里西斯二話不說，快馬加鞭奔向森林深處。

不出幾百公尺，他便在森林中一處看到被燒焦的痕跡。有塊約莫一平方公尺的草地被燒得焦黑乾枯，旁邊的樹也遭到祝融。

「……奧斯曼的幽靈。」他握緊韁繩，眼神滿是憤恨地緩緩說道。

吸血鬼是月亮之神的寵兒，他們受到其他神的排斥，被太陽之神趕入黑夜。照理來說，吸血鬼只能使用暗屬性的魔法，可奧斯曼的幽靈是個例外。

他是被眾神眷顧的吸血鬼，聖光屬性以外的魔法都難不倒他。

在他看來，奧斯曼幽靈肯定用火魔法襲擊了貝莉安，將她帶回了領地。

「天啊，真是太亂來了，竟然在森林用火魔法……」此時，其他聖騎士紛紛趕到現場，驚駭地望著眼前一片燒焦的痕跡。

「奇怪，我聽說奧斯曼的幽靈最常用的是冰系魔法，怎麼這次反倒用了火魔法？」

「艾路狄家族的領地不是在森林東邊嗎？他怎麼會出現在這裡？」

「什麼？那這裡是誰的領地？」

「那個什麼……唉，有點忘記了，叫什麼蓋布袋家族的領地吧？哎呀，反正走在森林裡，任何吸血鬼都有可能遇到。」

尤里西斯拔出了他的聖劍，銳利的長劍散發著耀眼的光芒，他用力一揮，地面掀起一片塵埃，空氣都為之震顫。

「給我翻遍整個森林，把奧斯曼的幽靈找出來。」尤里西斯的眼神銳利如刀鋒，帶著一股令人不寒而慄的殺氣。「今天這裡就是他的葬身之地。」

◆

另一方面，奧斯曼的幽靈正躺在柔軟的大床上呼呼大睡。

他舒服地窩在絲絨被窩裡，翻了個身，感覺到一絲柔和的陽光照亮他的眼簾。

伊凡眨了眨眼，睡眼惺忪地望向透過窗簾縫隙鑽進來的陽光。

他打了個呵欠，在床上伸了個懶腰，懶洋洋地坐起身。

他抓了抓頭，隨意地看向擺在床頭櫃上的時鐘，下一秒嚇得整個人從床上彈起來。

「下、下午三點了?!怎麼回事？」伊凡驚恐地拉開窗簾，任憑陽光撒在自己白皙的肌膚上。肌膚傳來微微的刺癢感，但不至於令他不舒服，他是半吸血鬼，陽光對他影響不大，但睡過頭對他影響很大，他記得昨晚跟貝莉安說了要在早上送她回王城，現在都下午三點了，尤里西斯肯定已經發現貝莉安失蹤了！

「霍管家！」伊凡一腳踏出房門，急急忙忙地在走廊喊人。「我不是說早上八點要叫我起床嗎？我今天有重要的事要做！」

霍管家正在廚房交代事情呢，看到衣衫不整的吸血鬼主子出現在廚房門口，無奈地抹了把臉。

「我已經叫過您了，少爺，叫了好幾次呢。」

「貝莉安呢？」

「托姆帶她去人類村莊介紹環境了。」

「我不是說了讓她先在這裡留宿一晚，其他事之後再說嗎？」伊凡一邊被霍管家拖回臥房，一邊著急地表示：「快把貝莉安帶來！我要帶她回王城一趟！」

霍管家一邊交代其他僕人去把人帶回來，一邊招人來幫伊凡更衣。「少爺，您先把衣服穿好。要是夫人看到您這副邋遢的樣子會責備您的。」

「現在不是換衣服的時候！萬一有聖騎士來這裡——」

「那您更要穿好衣服，總不能衣衫不整地跟聖騎士打架。」

這次換伊凡抹了把臉，「好吧。」

伊凡其實不是很在意自身儀容，畢竟他上輩子幾乎都穿著寬鬆的衣服躺在病床上，不然就是披上薄薄的手術服，要不是母親嚴格要求身為吸血鬼貴族要注意服裝儀容，伊凡早就隨便穿了。

「少爺，老爺昨晚給您的湯藥有確實喝完嗎？您的氣色又更差了。」霍管家擔心地說。

「當然有，碗不是空的嗎？」伊凡悻悻然地別開目光。

「長期未攝取血液會讓您精神不濟，容易感到疲倦嗜睡，晚上醒來也會感到暈眩昏沉。您每天晚上使用魔力鞏固結界，再這樣下去身體會吃不消的，少爺。」霍管家命僕從遞來一個小玻璃杯，裡面盛滿了新鮮血液。

「您至少喝了這杯再出門。」

「我是半個人類，不需要喝血也能活。」伊凡倔強地推開那杯玻璃杯，獨自走向莊園大門口。

「少爺！您的魔力大半是來自吸血鬼血脈，您不喝血，哪來的魔力對付聖騎士啊！」

「沒魔力又如何？」

伊凡回頭冷冷看了霍管家一眼，理所當然地拋下一句話：「我還有一張嘴可以對付他。」

伊凡走出大門，他還記得原作裡尤里西斯是如何找到艾路狄家領地的。在貝莉安遇害後，尤里西斯爆發出前所未有的實力，在奧斯曼森林施展足以照亮整個黑夜的聖光魔法，當時三個吸血鬼家族的領地都被他用聖光魔法探知到了。

原作裡的伊凡．艾路狄似乎是被這個舉動激怒，跟尤里西斯和其他聖騎士連連交手了好幾次。雖然幾次僥倖逃生，但也因此消耗太多魔力，以至於無法維持隱藏家族領地的結界，讓整個聖騎士團在最後攻進來。

算一算，聖騎士團攻進艾路狄領地的劇情差不多是三個月後。眼下伊凡還不用擔心領地會受到攻擊，但跟尤里西斯交手難免，誰叫他睡過頭了。

一隻烏鴉遠遠朝他飛過來，最後落在他的肩膀上。烏鴉聒噪地振翅亂叫，最後被伊凡不耐煩地揮走。

「吵死了，跟他說我知道。」

看樣子在他呼呼大睡的期間，暴怒的尤里西斯已經施展聖光魔法，探測到了三個吸血鬼領地，現在這群聖騎士正磨刀霍霍，挑了一個吸血鬼領地進攻。

根據烏鴉的彙報，聖騎士團正朝森林東邊衝來，真是莫名其妙，他明明是在森林西邊拐走人，怎麼聖騎士團偏偏跑到東邊來尋人？

不過不要緊，貝莉安還在他手裡呢，要是尤里西斯不肯好好溝通，他心愛的妹妹明天開始就得過著每天跑一公里、伏地挺身五十下的生活。

此時，一陣白皙耀眼的光芒劃破天空朝領地襲來，直直砸在艾路狄家的領地結界上。

「──唔！」伊凡感覺像是被人用力推了一下，整個人差點倒在地上。

原作裡的伊凡．艾路狄就是被這一下激怒，衝去跟尤里西斯對戰。那時伊凡還覺得這個角色很腦殘，居然主動上門給尤里西斯送頭，但現在他明白了。

原作的伊凡是為了保護家人才主動迎戰的，雖然最後失敗了。

他一直很同情原作的伊凡，說到底，這個人也不過是為了守護身邊的人才跟尤里西斯槓上。

伊凡垂下眼簾，低頭凝視著蒼白的掌心。

能自由地下床行走，即使不打針吃藥也能活下去。光是站在月光下，就讓伊凡喜悅到流淚。雖然他不知道原作的伊凡去哪裡了，但既然占據了這個軀殼，就該好好報恩。

「你放心，」伊凡望著遠方喃喃。「這一次，我會保護好所有人。不管是誰我都會擋下的。」

區區一個主角有什麼好怕的，他可是掌握原作劇情的男人！

伊凡朝向聖光的來源前進，他發出幾個無聲的音波，收到訊號的蝙蝠們被迫從沉睡中醒來，昏昏沉沉地朝領地飛來，向他彙報周遭聖騎士的動向。

伊凡走出領地，他深吸一口氣，高舉起兩隻手。

那一刻，他的手中綻放出淺綠色的光芒，一部分的樹木活了起來。這些樹木伸出他們的枝芽，一掌朝附近的聖騎士拍下去。

「啊啊！」一名被樹幹拍中的聖騎士發出慘叫，連人帶馬摔到了草地上。

「小心，是奧斯曼的幽靈，他開始行動了！」

「該死，這些蝙蝠是怎麼回事？現在還是白天啊！」

聖騎士們在樹林中遭到無數蝙蝠騷擾，他們煩躁地想趕走蝙蝠，可下一秒又被樹枝騷擾，頓時間，整個聖騎士團在林中動彈不得。

尤里西斯憤怒地舉起長劍，一陣耀眼的聖光從劍上襲來，霎時周遭的蝙蝠像瞎了眼一樣，發出吱吱慘叫逃離。

他一劍砍斷襲來的樹枝，神色越發暴戾。

「別鬆懈，奧斯曼的幽靈肯定就在——」

「嗚嗚……」

就在此時，一個稚嫩的哭聲陡然打斷了他的話。

聖騎士們錯愕地望向聲音來源。

只見一名頂著一頭蓬鬆紅毛的人類男孩，驚魂未定地看著聖騎士們。他滿臉淚痕，縮著肩膀，看起來十分可憐。

「喂，那個是……」聖騎士們不敢大意，忌憚地瞪著男孩。

但男孩用水汪汪的大眼望著他們，天真無邪地開口了。

「你們是來找我的嗎？」

「啊？」

「我在這座森林迷路好幾天了，一直走不出去……聖騎士哥哥們，可以帶我回家嗎？」男孩用稚嫩可愛的嗓音詢問。

聖騎士們面面相覷，雖然驚疑不定，可沒有聖騎士會拋下一個可憐的人類幼童。

「你……你是從哪裡來的？還記得你家在哪裡嗎？」

「我沒有家，目前住在育幼院。」男孩抹了把淚水。

聽到這番話，聖騎士們瞬間把奧斯曼的幽靈拋在腦後，興奮地看向彼此。

「是他！那個失蹤的孤兒！」

「原來他沒有被吸血鬼擄走，只是在森林迷路了？」

「你別怕，哥哥們馬上帶你回去！」

男孩眸中閃過一絲精光，他擺出殷殷期盼的表情，指向尤里西斯。「我可以跟那個哥哥共騎一匹馬嗎？他的馬看起來好威武。」

「啊？這個……」

聖騎士們神色各異，沉默地看向尤里西斯。

尤里西斯嘖了一聲，看也不看那個男孩一眼，從馬上跳下來，不耐煩地揮揮手。「你們先帶他回去，我去找那個幽靈。」

「可是……」

「現在可是大白天，那個幽靈肯定躲在暗處不敢出來，我們這群人衝過去，他反而會龜縮回領地，更不好捕捉。」

聽到這番話，聖騎士們也覺得有道理，他們點點頭，其中一名騎士將男孩抱到馬上，自己也跟著騎上去。

男孩開心地哇哇亂叫，還奶聲奶氣地喊謝謝哥哥。

尤里西斯冷冷地看著聖騎士同事們離去的背影，對著空無一人的森林舉起長劍。

「我不會上當的，吸血鬼。出來吧，我知道你在這裡。」

怎麼可能這麼剛好，這時候偏偏出現一個人類小孩？想也知道是吸血鬼的陷阱。這個吸血鬼想藉由放跑一個血奴來引開他們。

空氣中傳來一聲哼笑，那一刻，一道黑影從樹上跳下，腳步輕盈地落在尤里西斯面前。

尤里西斯瞪著眼前這名穿著一身黑衣，披著黑色斗篷，神色慘白憔悴的青年。

這是他第一次見到奧斯曼的幽靈。

很奇怪，眼前這個人身形是如此纖弱，膚色蒼白如雪，一雙手瘦得幾乎見骨，彷彿下一秒就要躺進棺材裡。可偏偏就是這樣一個人，眼中燃燒著星火，笑容也帶著一股若有似無的從容與自信。

尤里西斯見過好幾個吸血鬼，有的帶著一股玩世不恭的輕佻氣息，有的給人一股渾身顫慄的危險感，但他還是第一次見到像這樣的吸血鬼。

氣質冰冷如寒冬，眉眼間卻透著一絲暖意，彷彿寒末初春裡一枝綻放於融雪中的嫩芽。

不太起眼，可一旦注意到了，便無法移開目光。

「先說好，那不是我艾路狄家的血奴。」伊凡擺出不可一世的模樣，細細打量著尤里西斯。「不過你妹妹確實在我這裡。」

只能說不愧是主角，伊凡從未見過如此俊朗帥氣的男人，連散發殺氣的樣子都如此迷人。

他故作鎮定，試圖安撫這頭隨時會朝他撲過來的猛獸。

「別緊張，你妹妹目前沒事。」她只是還在人類村莊閒逛，還來不及趕過來。

「昨晚我們玩得很開心。」不僅一起吃了一頓晚餐，伊凡還借她看了一些小說，貝莉安很喜歡這些浪漫愛情故事，儘管那些是蓋布爾家寫的。

說是這麼說，但他感覺尤里西斯的殺氣更加濃烈了，伊凡頓了頓，繼續嘗試說服眼前的男人。

「你最好冷靜下來。」這副樣子怎麼有辦法心平氣和地跟貝莉安談話？青春期的少女可是很纖細敏感的。「她現在很需要你的支——」

「閉嘴！」尤里西斯暴怒，一劍砍在伊凡身旁的樹幹上。

「……」伊凡看著倒下的大樹，忽然很想問原作伊凡是怎麼跟尤里西斯打得勢均力敵的。

這哪是勢均力敵，他根本還來不及看清尤里西斯的動作，下一秒劍氣就朝他襲來，還在他臉上留了道血痕。

嗯，看樣子他敢再亂說話，尤里西斯就會把他砍了。可以的話伊凡也想好好跟他談談昨晚的事，但吸血鬼跟聖騎士是不可能促膝長談的。

恍神之間，聖騎士的劍尖就指向了伊凡的鼻子。聖騎士的劍尖幾乎刺眼到讓他睜不開眼睛。

「把她給我交出來！否則別怪我翻遍你們的領地！」

他雖然是半吸血鬼，但還是比普通人畏光，突然來這麼一下，他的眼睛都快瞎掉了，身體也隱約傳來一陣灼燒般的感受。

流竄在身體裡的魔力正瘋狂修補著聖光屬性帶來的傷害，伊凡感到一陣頭暈目眩，感覺胃袋在燒灼，飢餓感如潮水般席捲全身，讓他餓到渾身無力。他強撐著身體，故作鎮定地推開劍尖。

他感覺指尖像碰觸到炙熱的鐵塊，但為了打腫臉充胖子，他不能退縮。

果不其然，看到他移開劍尖的舉動，尤里西斯難以置信地睜大眼睛。這也難怪，因為沒有吸血鬼不害怕聖光魔法。但伊凡是半個吸血鬼，一半的人類血脈讓聖光魔法對他的傷害直接減半。

「人類，收回你的劍，否則，後果你承受不起。」拇指傳來陣陣疼痛，伊凡知道自己被聖光燙傷了，但他還是擺出一副無所畏懼的樣子。「不想見到你妹妹了嗎？」

「你！」尤里西斯雙眼布滿了血絲，但這次真的被威嚇到了，不敢輕舉妄動。

不知是不是他的錯覺，伊凡感覺一雙腳在抖，眼前也逐漸模糊起來。

他舉起手，四周的樹幹像長了觸手一般，伸長手臂朝尤里西斯竄過來。

「你最好安分點，否則我——」伊凡講到一半，眼前猛然一黑，整個人向前傾倒，直接倒在了尤里西斯身上。

尤里西斯：「……」

尤里西斯：「？？？」

尤里西斯感覺像是闖入了一個荒唐的夢境，方才吸血鬼朝他倒下時，他的身體反射性地抱住對方，現在人扶穩了，他才意識到自己不該扶一個吸血鬼。

他一邊責怪自己的騎士精神，一邊僵硬地偏過頭，搖了搖掛在他身上的吸血鬼。

奧斯曼的幽靈臉色慘白地緊閉雙眼，怎麼搖都沒反應，看起來是暈倒了。

「天啊！」就在這時，不遠處傳來一聲成年男子的慘叫聲。

一名吸血鬼男子正朝這裡狂奔過來，身後還跟著一名氣喘吁吁的少女。

尤里西斯瞪大眼睛，頓時將身上的吸血鬼甩到一旁，激動地奔過去。「貝莉安！」

帶著少女前來的吸血鬼趁著這個空檔越過尤里西斯，連忙將倒在地上的伊凡扶起來。「少爺！伊凡少爺，你醒醒啊！」

貝莉安看了尤里西斯一眼，臉上完全不見重逢的喜色，她直接拍開尤里西斯的手，慌亂地提著裙子來到伊凡身旁。「伊凡哥哥！」

被忽略的尤里西斯：「……」

「完了，少爺這是貧血了。」吸血鬼瞧著伊凡蒼白的臉色，神情擔憂地說。「之前老爺有叮囑我們要注意少爺的貧血狀況，果真出問題了。」

「貧血？」貝莉安跟尤里西斯異口同聲地說道。

吸血鬼將伊凡牢牢抱在懷裡，仰頭瞪著尤里西斯，「你們聖騎士不是遇到有難的人就該幫助、絕不欺負弱小嗎？跟一個貧血的人打架算什麼騎士？要是我們少爺有什麼閃失，你賠得起嗎！」

「……」

「哥哥，伊凡哥哥不是壞人啊！他只是怕我一個人在森林中出意外，所以先將我帶回領地。」貝莉安哭哭啼啼，跟著控訴。「他沒有綁架我，還打算帶我回王城啊。」

「他可是奧斯曼的幽靈，過去綁架過許多人類。」尤里西斯不敢輕易相信，奧斯曼的幽靈擅於蠱惑人心，他的妹妹可能被奧斯曼的幽靈迷惑了。

「你看伊凡少爺一副營養不良的樣子，他哪來的力氣綁架人類？你怎麼不問問蓋布爾家跟薩托奇斯家？他們都虐待血奴，薩托奇斯家甚至不讓他們家的血奴吃肉！」

尤里西斯：「……」

尤里西斯感到一陣詭異，他總覺得這群吸血鬼跟他想像的不太一樣，可不得不承認，這名吸血鬼說得好像有些道理。

他聽說被吸血鬼吸過的人類會呈現貧血虛弱的狀態，身上也會出現不易癒合的傷口，可貝莉安看起來精神抖擻，看起來毫髮無傷。

一個都已經嚴重貧血、餓到快暈倒的吸血鬼居然沒有襲擊他妹妹？這可能嗎？

難道說，他真的誤會奧斯曼的幽靈了？

「托姆，」貝莉安跪坐在地上，憂心忡忡地對身旁的吸血鬼表示：「你身上有刀嗎？伊凡哥哥貧血這麼嚴重，我先割一點血——」

「不准！」尤里西斯激動地怒喝一聲。

看著妹妹含淚的雙眸，尤里西斯深吸幾口氣，忍著不快說道：「要就喝我的血，不准對我妹妹出手。」

「我呸，你夠格嗎？」想不到，名為托姆的吸血鬼擺出一副不屑的表情。

他將伊凡揹到背上，一臉鄙夷地打量尤里西斯，「我問你，你今天有吃早餐嗎？」

尤里西斯呆滯了一下，被這莫名其妙的問題搞得連思考都忘了，只能僵硬地搖搖頭。

「那你憑什麼要求少爺吸你的血！沒有睡滿八小時、三餐沒按時吃的人，沒資格成為艾路狄家族的血奴！」

「……啊？」

「貝莉安，我先帶少爺回去，妳就跟那個三餐不繼的聖騎士走吧。」托姆氣呼呼地轉身背對尤里西斯，不忘回頭對人類少女交代一句。

「不要，我也要跟你一起走！」貝莉安用力搖搖頭，趕忙跟了上去。

尤里西斯呆若木雞地看著兩人漸行漸遠的背影，腦袋一片空白。

「哥哥你放心，我很安全！我現在不能回去，詳情我會再跟你說明的！」貝莉安一邊扶著快從托姆背上滑下來的伊凡，一邊回頭對哥哥倉促交代：「伯爵那邊，你就跟他說我被吸血鬼抓走就好，拜託你了！」

「等……等等……」

尤里西斯想追上去，但他的腿彷彿被綁了兩塊大石頭，動彈不得，只能眼睜睜看著三人消失在森林裡。

◆

伊凡作了一個夢。

在一片朦朧中，伊凡看見一個面容熟悉的青年。

青年有著精緻俊美的面容，及肩的銀白色頭髮，疏離而冷肅的目光，他身上帶著一點生人勿近的氣息，宛若一朵高嶺之花。他站在樹林中，舉起了左手。

那一刻，一陣冰冷刺骨的狂風在他四周掀起，無數被風掀起的落葉鍍上一層冰，化為冰錐朝對面的聖騎士襲去。

聖騎士奮力揮劍，以最快的速度切斷這些冰錐，可他的身上仍被冰錐劃出數道傷痕。

「滾，聖騎士。這裡不歡迎你。」青年的語氣冷到令人不寒而慄，彷彿在這裡多待一秒，就會被扎成刺蝟。

「把我妹妹還來！」聖騎士紅著眼，對青年厲聲吼道。

「你妹妹？」青年嗤之以鼻地哼笑一聲，下一秒消失在原地，待伊凡發現時，青年已然站到尤里西斯身後，用銳利如刀劍的冰錐抵上聖騎士的脖子。

「管你妹妹是誰，給我滾出去，我們吸血鬼沒有義務幫你找人。」

伊凡像空氣一樣站在旁邊目睹一切，看得目瞪口呆。

這個渾身散發出不好惹的氣息的吸血鬼是誰？這招又是怎麼做到的？原來冰魔法跟風魔法還可以這樣用？再說，那個髮質好到可以去拍廣告的銀白髮絲從哪來的？跟他毛躁乾枯的白髮完全不一樣！

還有這個俐落的身手又是怎麼回事？他居然完全反應不過來！

原本原作的伊凡有這麼強嗎？為什麼他以前讀小說時感覺不出來？是因為被主角光環壓過了嗎？

伊凡還沉浸在震驚中，下一秒便感覺一腳踩空，意識猛然回到了現實。

伊凡猛然睜開眼，發覺自己躺在熟悉的臥室大床上，身旁坐著為他把脈的父親，另一邊則站著一名怒氣沖沖的女子。

女子有一頭亮麗的波浪捲銀髮，鮮豔的紅唇與白皙的肌膚，容貌絕美豔麗，渾身上下卻帶著凌厲的氣息，猶如一朵帶刺的玫瑰。

女子有一個前凸後翹的好身材，平日也喜歡穿能夠凸顯身材與乳溝的洋裝，可如今因為懷孕的關係，女子只能穿著寬鬆樸素的黑色長裙。

她挺著一個大肚子，雙手扠在腰間，火冒三丈地瞪著躺在床上的伊凡。

伊凡渾身冒著冷汗。眼前的女子是奧斯曼森林最強的吸血鬼，被人類尊稱為吸血鬼女王，同時也是他的母親伊若娜。

「給我喝，喝完才准下床，聽到沒有！」

伊凡嚇得身子微微一抖，他看到父親遞來的紅色湯碗，這次不敢不喝。只能捏著鼻子，一口氣把新鮮的人類血液喝光。

「嗚……」伊凡將湯碗放回托盤上，頓時感到一陣反胃。

「敢吐出來，就給我舔回去。」伊若娜冷冷地威嚇。

「……」伊凡努力壓下反胃感，連連喝了好幾口水，沖淡口中的腥味。

喝是喝了，但吸血鬼女王跟他沒完。她雙手環抱在胸前，光憑這張帶著怒意的面容就讓房間降溫好幾度。

「霍管家說你嚴重貧血，這是怎麼回事？」伊若娜的表情恐怖到像是想吃了他。

「媽。」伊凡閃躲著吸血鬼女王的目光，吞吞吐吐地說：「我都有按時吃東西，也有喝點動物血，爸為我熬的湯藥我也都喝了。都……都怪那個聖騎士，對，那個聖騎士一拳揍在我的肚子上，逼我把昨天喝的都吐出來了。」

「啊？可是我剛剛檢查過了，你的肚子沒有瘀青啊……」偏偏這時候，他父親還愣愣地當面拆他的臺。

「都是他害的！我原本魔力足夠，但他一直敲打領地結界，害我魔力不足了！」

「那你嚴重貧血是怎麼回事？難道你也想說這是他害的嗎？他一個人類能害你貧血？」吸血鬼女王居高臨下，語氣冰寒到幾乎要將伊凡凍結。

「啊……那個……」伊凡尷尬地左看右看，就是不看母親的眼，最後嘴硬地說：「對，是他害的！誰叫他不給我吸血。」

母親：「……」

父親：「……」

「這次給他僥倖逃過一劫，敢再讓我看到他，我會把他撲倒在地上，用力咬他的脖子，讓他連呼救的力氣都沒有。」伊凡深知母親的「理想兒子」是什麼模樣，於是將做不到的事講得天花亂墜。

「這些聖騎士來一個，我咬一個！誰怕他們！」

「這種話我聽你說了多少次，你哪一次吸咬過人？我怎麼會有你這種——」

「好了好了，孕婦不宜動怒。」伊凡的父親趕忙上前安撫，他笑吟吟地輕撫吸血鬼女王的背，摸了摸妻子已然懷孕七個月的肚子。「再怎麼說，伊凡都成功趕跑聖騎士，還抓了兩個血奴回來，已經很厲害了。」

「你還敢說！都是你寵著他，從小他不肯喝血，你就變著花樣餵他吃其他東西補充營養，才把讓他養成這種挑食的壞習慣！」伊若娜氣呼呼地指著父子倆痛罵。「還有你，跟聖騎士打架打到一半居然貧血昏倒！要是托姆沒有及時趕過去，你早就被那個人類拖回神殿監禁起來了！」

聽到這裡，伊凡不禁打個冷顫。神殿牢房的伙食肯定很差，連牛排跟小餐包都沒有。

伊若娜嘆息一聲，比了比自己的肚子，用恨鐵不成鋼的語氣質問：「難道你要讓你弟弟一出生就沒了哥哥嗎？」

伊凡渾身一僵，他盯著伊若娜的孕肚，這才萌生了懊悔之意。

「妳說的對，媽媽。」他伸出手，貼到伊若娜的孕肚上，深深凝視著他未出生的手足。

雖然這個時代的醫術不像伊凡原本的世界那般先進，但吸血鬼的直覺與感知都異於常人，懷胎的吸血鬼可以透過魔力與體內的陰盛陽衰，感知到孩子的性別。

就算伊若娜不說，伊凡也知道孩子的性別。

這是他的弟弟，他唯一的手足。

伊凡上輩子沒有兄弟姊妹，從小在病房孤零零度過。伊凡一直很希望有一個兄弟姊妹陪他玩，但他也知道爸媽在他身上花了太多心力，無力再生一個弟妹。

所以當他聽到這一世的爸媽跟他說要準備當哥哥時，伊凡打從心底感到喜悅興奮。

他就要當哥哥了。

他看過原作，所以知道這孩子是艾路狄滅門慘案的唯一倖存者。在聖騎士攻進領地時，他們發現伊凡的弟弟，基於對方還是個嬰兒且擁有半個皇家血脈，聖騎士沒有痛下殺手，而是把他抱回了城堡。他那弟弟從小被人冷眼相待，從沒嘗過被愛的滋味，最後也沒躲過蓋布爾年輕當家主的魔爪。

伊凡絕不會讓這種事發生。他的弟弟應該要在一個充滿愛的環境下長大，他要讓弟弟知道，他是在愛與祝福下誕生的，才不是什麼不祥的怪物之子。

「我得更成熟一點，才能給弟弟做個榜樣。」伊凡帶著歉意地對未出生的弟弟說道：「對不起，哥哥下次會做得更好的。不管是什麼敵人，哥哥都會努力擊退，絕不會再輸了。」

伊若娜彈了他的額頭，小聲抱怨道：「你啊，先從不挑食做起吧。」

「……我努力。」

「好了，伊凡也知道錯了，妳就饒過他一次吧。」伊凡的爸爸眼見氣氛已經緩和，牽起吸血鬼女王的手，拉著人往外走。「我已經吩咐霍管家準備妳喜歡的血液了，捐血者是剛成年的血奴，每天跑兩公里，喜歡吃不含油脂的食物，特別喜歡吃菜。我們去後院散散步，吃點小點心吧。」

吸血鬼女王哼了一聲，在丈夫的攙扶下緩步走出伊凡的房間，臨走前不忘叮嚀一句：「伊凡，你昨晚帶回來的小血奴在樓下等你，沒事就吸吸她的血，雖然她還不夠健康，但年輕少女的血液對治療傷口有幫助。」

伊凡頭痛地扶額，連忙把父母打發走。

開什麼玩笑，要是他敢吸貝莉安的血，尤里西斯肯定會把他殺了。

「貝莉安還在這裡？」

「是的，少爺，那個血奴看您昏過去了，一直很擔心您，整夜都不敢闔眼呢。」一名吸血鬼僕從忍著笑意說道。

「少爺，您要不要趁這個機會，練習一下吸——」

「不需要！把她給我帶過來！」

僕從們連連應允，不出幾秒便把人帶來了。

來的人不只貝莉安，還有吸血鬼女王的下屬之一——托姆。

與伊凡不同，托姆是個有著健壯身材的吸血鬼。托姆在艾路狄家工作多年，原先是待在人類村莊的小血奴，後來得到吸血鬼女王的賞識，被轉化成為吸血鬼，在那之後便一直負責照顧血奴的工作，對於這位新加入的人類血奴也格外用心，在貝莉安痴痴等著伊凡醒來時，他也一直跟在身旁等候。

貝莉安一走進房，立刻撲到床邊，淚眼汪汪地看著他。「伊凡哥哥！你沒事吧？」

伊凡神色微妙地看著趴在床邊的少女。「妳怎麼沒走？」

貝莉安應該跟著尤里西斯回去的，他們兄妹倆需要好好商量，再為未來做決定。

「我知道如何回到哥哥身邊，可我不知道該如何回到伊凡哥哥身邊啊。」貝莉安泫然欲泣，緊握住伊凡蒼白纖細的手。「森林這麼大，我要是當下跟著哥哥走了，回頭就找不到伊凡哥哥了。」

伊凡不曉得尤里西斯會怎麼想，他只知道這個主角肯定會再找上門，如果他夠理智，就該把貝莉安扔回王城。

可貝莉安的臉頰貼著他的手，眼淚落到了他的手背上。

「對不起，伊凡哥哥，害你受傷了，我替我哥哥道歉，會不會痛？」

聽到這番話，伊凡這才注意到他的拇指與食指已經包紮起來了，他狐假虎威，去碰尤里西斯的劍尖，果然留下燒傷痕跡了。

「小傷，兩天就好了。」伊凡收回手，看起來不甚介意，吸血鬼的自我治癒能力很強。

女孩面露慚愧，她糾結了一會兒，以卑微的語氣向伊凡祈求：「伊凡哥哥，我會再努力跟哥哥溝通，也會乖乖聽話的。托姆已經跟我說了這裡的規矩，我會認真工作、每天按時吃三餐、早上跑一公里、伏地挺身五十下，晚上絕不熬夜。你就讓我留在這裡吧，我無處可去了。」

「成為伯爵夫人肯定會比較輕鬆，妳真的不考慮回去嗎？」

「我不回去。」貝莉安垂下了眼簾，聲音漸弱下來：「不論如何，我都不能待在哥哥身邊了。我已經到了適婚年齡，一定得嫁出去。婚後我就得融入丈夫的生活，不能再像以前一樣騎馬踏青、跟著哥哥學魔法練劍、享受自由自在的生活。我只能被關在豪宅裡面，白天學習管理家務，晚上學習服侍丈夫。」

「……妳現在幾歲？」

「十六歲。」

這不是正要揮霍青春的大好年齡嗎？

伊凡忍不住在內心感嘆一聲。伊凡上輩子生活的世界裡，有許多女性晚婚，甚至還有終身不婚的。畢竟結婚是一種選擇，不是義務。可這個世界的女性在月事來潮後就得嫁出去，過著相夫教子的生活。

「別哭了，我已經答應過妳，讓妳留在這裡了。」伊凡心想，雖然他沒能力改變這個社會，但至少他有能力保護一個女孩，他可是吸血鬼女王欽點的代理領主，想留誰就留誰，飼養人類是理所當然的事。

「萬一那個聖騎士又殺過來怎麼辦？」托姆擔憂地問。

「貝莉安，妳去寫一封信，下次見到妳哥哥時，我會轉交給他。」伊凡說。有了妹妹的親筆信，尤里西斯應該不至於戾氣那麼重。

「我知道了！」貝莉安破涕為笑，眼中滿溢著感激。「謝謝你，伊凡哥哥。如果你需要我的血，請隨時跟我說。」

「不用了。」伊凡乾咳一聲，趕緊打發兩人出去。「托姆，你帶貝莉安去她的新居處，順便找幾件輕便的衣服給她，穿裙子的淑女可不方便跑步。」

「知道了。」托姆眉開眼笑地將貝莉安從地上攙扶起來。「我們走吧，伊凡少爺已經允許了。我們這領地很自由，只要工作完成、運動完了，妳想做什麼都隨便妳，村裡也有馬匹可以騎。」

「真的嗎？我可以出門騎馬打獵嗎？」

「可以是可以，但必須有我們吸血鬼跟著，森林對人類來說還是太危險了。」

「這樣已經很好了。」貝莉安嘴角綻放著燦爛的笑容，興致高昂地跟著吸血鬼離開這裡。

伊凡低頭拆掉手上的繃帶，看了看傷口，由於剛剛有進食血液的關係，燒燙傷已經開始慢慢癒合了。他摸摸自己的臉頰，那條被尤里西斯砍出來的血痕也已癒合。雖然蓋布爾家族的當家主曾嘲笑過他的治癒力，但伊凡認為這癒合速度已經很棒了。

「那個聖騎士後來怎樣了？他還在附近嗎？」伊凡下了床，隨口向身旁的僕從問道。

「他回王城了，少爺。夫人聽到您昏倒的消息後，有加強鞏固結界。」

伊凡點點頭，有了結界，尤里西斯再找下去也沒意義。

奧斯曼森林的三大吸血鬼家族都有在自己的領地設下迷霧魔法，防止凡人踏入。接近領地的人類會陷入一團迷霧中，在動物的引領下遠離領地。

這道幻影結界屬於暗魔法，想要抵抗暗魔法，就必須使用聖光魔法應戰。這也是為什麼尤里西斯能用聖光感知到他們的領地。

「伊凡少爺，那個聖騎士究竟是什麼人？第一次有外人這麼靠近我們領地。」一名協助他更衣的僕從憂心忡忡地問道。

「就是說啊，嚇死我了，我親眼看到天上出現一道裂痕，還以為自己要被抓回家了。」另一名僕從心有餘悸地說。

伊凡看了兩位僕從一眼，這兩人都是住在人類村莊的血奴，有人在這裡住好幾年了，有人則是在領地出生，從未見過外面的世界。他們已經在領地住慣了，從未想過要回歸人類社會。

「那名聖騎士叫尤里西斯。他殺過許多難纏的魔物，是王國公認的英雄。」伊凡將散亂的頭髮隨意束在腦後，整了整領結。「他是未來的聖騎士長，也是奧斯曼王看好的駙馬。」

在原作中，尤里西斯就是靠著殺死伊凡的功勞，被神殿冊封為聖騎士長。伊凡還記得小說裡花了很多篇幅描寫尤里西斯的晉升典禮有多盛大，當時的佳人們都來參加典禮，可面對眾美女環繞，尤里西斯依舊一副不食人間煙火的木頭樣，不論身旁的異性如何明示暗示，他都無動於衷，下半身簡直像個擺飾。

想到這裡，伊凡不禁有些想笑，尤里西斯這個人就是這樣，為人正正經經、個性又很木頭，但是個好人。伊凡相信只要好好溝通，尤里西斯就不會把他當成敵人。

「這個人應該很強吧？」人類僕從擔心伊凡的安危，愁眉苦臉地提出建議：「伊凡少爺，我們還是把那女孩送走吧。」

伊凡瞄了對方一眼。「你當初揪著我母親的衣角，哭著說不想回王城時，我們有趕你離開嗎？」

「……」

「我們是吸血鬼，吸血鬼從不懼怕人類。」

說實話，不可能一絲畏懼都沒有，伊凡也懼怕死亡，但他是艾路狄家的接班人，有責任讓他的領地居民感到安心。

Chapter.3 最殘暴的吸血鬼

伊凡還記得，以貝莉安的死為導火線，聖騎士團展開了一連串的吸血鬼獵殺行動。在這場獵殺行動中，最先下線的是艾路狄家，其次是他們隔壁鄰居薩托奇斯家，最後才是蓋布爾家。

在原作中，發現妹妹遇害的尤里西斯憤怒地與伊凡·艾路狄交戰，最後被伊凡逼退，飲恨回到王城。在尤里西斯尋找打敗伊凡的方法期間，王城裡加強了夜間巡邏，結果在城中抓到了伊凡的兒時玩伴，也就是薩托奇斯下任當家主阿德曼。

薩托奇斯的繼承人被聖騎士押到神殿監禁，在那裡受到非吸血鬼道的對待，最後還被判死刑。在薩托奇斯的繼承人即將被押送到廣場上，遭受太陽之刑的前一晚，原作的伊凡拚了老命殺進神殿，把他救了出來。在逃亡過程中，阿德曼不幸被聖騎士用聖光劍劃破眼睛，就此失明。

想到這裡，伊凡覺得有些可笑。梁子早在那時候就結下了，可為了給主角練等，薩托奇斯家偏偏等艾路狄家滅亡後才出來找聖騎士復仇。阿德曼這吸血鬼比伊凡強上好幾個等級，在伊凡死後正好拿來給尤里西斯練等。明明是三大家族繼承人中最會打架的那個，卻因為失明的關係戰力大打折扣，最後慘敗於尤里西斯劍下，讓自家領地被攻陷。

想到這裡，伊凡感到一陣頭疼，他這位兒時玩伴平時就喜歡去王城中鬼混，享受王城的夜生活，並且憑藉薩托奇斯雄厚的家底和天生的好皮相到處花天酒地。

這一次，伊凡可不打算讓自家兒時玩伴白白送死。他來到人類村莊，找到了即將出發去薩托奇斯家的貨車。

當他接近貨車時，意外看到了一個熟悉的身影。

一名溫文俊雅的男子站在貨車旁，一臉慈祥地抱著一包沾滿泥土的麻布袋，幾道細碎的嬰兒哭聲從麻布袋中傳來，男子像在安撫寶寶般，輕撫著麻布袋說道：「好乖、好乖喔。」

「……」感覺到莫名的視線，男子轉過頭來，一看到伊凡，頓時露出燦爛的笑容。「乖兒子，怎麼來了？」

「你才是怎麼會在這裡？」

伊凡的父親很忙，他是領地的醫生，同時也是領主大人的輔佐，在吸血鬼女王懷孕後，萊特便將貿易事務交給伊凡處理，自己則專心陪妻子待產。伊凡因此手忙腳亂一陣子，最近好不容易才上手。他們的領地土地富饒，物資豐富，不但盛產各式藥草，還有毛皮、起司、牛奶等產品，王城有許多商家其實都是跟他們家族進貨的，除此之外，他們也會跟隔壁好鄰居交換農產品。

「萊特老爺在尋找冤大頭呢。」坐在貨車上的馬夫哈哈大笑著搶先開口，「說是要把我們賣去薩托奇斯家！」

「不是賣，是交換。」萊特哭笑不得，再度解釋：「你媽媽最近總嚷嚷著想喝清淡的血，所以我想跟薩托奇斯家交換幾個血奴。」

說到此，他嘆了口氣。「但我看大家都不太想去的樣子，正傷腦筋呢……」

「萊特老爺，不是人人都能當他們家的血奴的。」

「就是說啊，萊特老爺又不是不知道他們家的血奴規矩。」

幾名正忙著將動物毛皮搬到車上的人類居民聽到這番話，在一旁小聲嘀咕著。

確實，論兩家的血奴福利，薩托奇斯家沒有比艾路狄家差上多少，薩托奇斯家不會要求血奴每天要跑步健身，某方面來說比艾路狄家還輕鬆。然而……

「薩托奇斯的血奴可是嚴禁吃肉的！誰忍受得了天天吃素的生活啊！」一名年輕力壯的人類馬夫忍不住大聲抱怨，其他人類聽完也紛紛點頭贊同。

沒錯，薩托奇斯家是吸血鬼中知名的「素食者」，他們喜歡吸食吃素人類的血液，領地裡的血奴全都吃素，水果、蔬菜、馬鈴薯、雞蛋、牛奶都吃，就是不吃肉。

艾路狄家的血奴平日會在領地飼養牛羊雞鴨，托姆也會帶他們去野外狩獵，有各式山珍野味可以吃，每天還有領主一家豪華的殘羹剩飯可以享用，生活可說是過得比王城基層居民還好，有些人甚至已經養成了無肉不歡的性子，突然要他們改吃素，可不是人人都能做到。

不過關於這點，伊凡也早跟薩托奇斯家族討論過，畢竟他們不是第一次交換血奴。

「只要去幾個月即可。我母親只是因為懷孕的關係，口味有點改變，等她生產完，口味應該就會恢復了。」伊凡向周遭的人類居民解釋。「我已經跟薩托奇斯家的血奴負責人談過了，他說勉強接受海鮮素。」

「海鮮……素？」似乎是用詞太過新潮，居民們露出一副愣愣的表情。伊凡咳了一聲，隨口搪塞過去：「總之就是可以吃魚的意思，你們要是真的忍不了，就去湖邊抓魚解饞。薩托奇斯家附近有一片湖泊可以捕魚。」

「對啊，薩托奇斯的血奴平日常去湖邊野餐游泳，領地的農作物種類豐富，早上有咖啡可以喝，偶爾還能喝上黑胡椒濃湯，伙食也是相當不錯。」

聽到這裡，已經有居民開始動搖了。

「就三個月，當作是去度假。」伊凡比了比貨車。「三個月後，我會接你們回來的。我母親現在正需要營養，你們作為血奴要善盡血奴的職責。我就徵三個人過去，你們誰要？」

「我、我去吧。」一名血奴自告奮勇舉手，主動跳上貨車。

「我也要。」

不出一會兒，伊凡便找好了三個志願者，看著他的辦事效率，他父親萊特備感欣慰。

「伊凡，你媽媽在生產完後，沒辦法立刻返回崗位。生孩子是很辛苦的事，也會大幅消耗吸血鬼的力量。伊若娜的身體會孱弱好一陣子，這段時間就拜託你了。」

「我知道。」伊凡跳上裝滿貨物的馬車，坐到馬夫身旁，拉緊了黑色兜帽。「領地的事交給我，爸爸負責照顧好媽媽跟領地居民就行了。」

聞言，萊特嘴角微揚，他將麻布袋放到地上，從滿袋的泥土中掏出幾個品項良好的兔大頭。在兔大頭意識到自己被掏出來時，男人動作迅速地用手帕把它們包起來，遞到伊凡手上。

「爸爸雖然不像吸血鬼一樣厲害，但也會努力用自己的方式保護你的。」他眨了個眼。「你知道使用方法，遇到麻煩就使用它吧。」

「你認真的嗎，爸爸？」伊凡對此充滿懷疑，但還是將東西收進懷裡。「這會引起更大的麻煩吧？」

「這是一種戰術。」萊特回以燦爛的微笑。

聽到這個答案，伊凡被說服了。雖然不見得能派上用場，但帶在身上保平安也好。他露出滿意的神情，翻身坐到馬夫身旁。

「我出發了，爸爸。」

「路上小心。」萊特揮了揮手。

馬夫駕著貨車起程上路，他瞄了坐在身旁的伊凡一眼，聲音裹著笑意說道：「少爺跟老爺感情很好呢，看得出來老爺很愛您。」

「畢竟是一家人。」伊凡不太好意思地摸摸鼻子，這才後知後覺地感到有些害臊。

馬車駛出了領地，在光影斑駁的森林中緩緩前行。

伊凡穿著符合貴族領主身分的精緻衣著，繫著暗紅色領結，穿著雙排釦黑色外套，外加一層遮陽光用的黑斗篷，他的頭髮隨意紮成一束，氣質優雅帶著一抹淡淡的疏離感，儼然是一個遙不可及的貴族公子。

王城的人恐怕想不到，他們眼中可怕的奧斯曼幽靈，竟會坐在載貨用的馬車上，有一搭沒一搭地跟身旁的馬夫閒聊。

薩托奇斯的領地離艾路狄家的領地不遠，他們下午出發，傍晚就能抵達。為了交換血奴，伊凡讓馬夫在薩托奇斯領地停留一晚，明天早上再載新血奴們回艾路狄領地。夜晚有野獸與魔物出沒，對人類來講並不安全。

「少爺，您要不要去車棚內坐坐？這裡會晒到太陽，怕您會感到不適。」

「沒事，我是半吸血鬼，一點陽光對我不成影響。」

「但是老爺說過，少爺比一般人類更容易中暑，在陽光下待久了也容易頭暈。距離抵達目的地差不多還要兩小時，少爺先去車棚內休息吧。」馬夫好言好氣地規勸，他們家少爺雖然工作認真，但總是一副快要暈倒的樣子，讓他很是擔心。

「你放心，我暈了會自己去車棚內。」伊凡揮了揮手，眼角餘光注意著周遭的動靜。他之所以會坐在這裡，也是為了監視有無聖騎士在附近出沒。

皚皚白霧逐漸將馬車吞噬其中，車夫一邊駕著馬車，一邊拿出老舊的鈴鐺搖晃。當空靈的聲音在迷霧森林中迴盪時，白霧逐漸散去，露出通往薩托奇斯領地的道路。

在十幾分鐘後，眼前一片豁然開朗，他們來到了一望無際的世外桃源。

他們行駛在種滿根莖類蔬菜與翠綠蔬菜的田野上，橘紅色的夕陽在波光粼粼的湖面上閃閃發光。

薩托奇斯家的領地是奧斯曼森林中最肥沃的一塊土地，這裡到處種著色澤飽滿的蔬果，土黃色的小路上還能看見人類血奴扛著鋤頭，唱歌回家的場景。

新來乍到的血奴們將頭探出車外，發出了讚嘆聲，伊凡則習以為常。在馬車於人類村莊停下時，伊凡跳下馬車，將三個準備在這裡住一陣子的血奴叫來，帶著他們一起前往薩托奇斯的本家宅邸。

「伊凡少爺，薩托奇斯家的領主是個怎樣的人啊？」一名血奴略帶忐忑不安地問。

「薩托奇斯的領主跟我一樣，現在都是代理領主。原領主夫婦去環遊世界了，現在是由他們的兒子當代理領主。」想到這個人，伊凡的唇角就微微上揚。「那傢伙叫阿德曼．薩托奇斯。阿德曼這人挺輕浮的，別被拐走了——」

「你說誰輕浮了？」

一個似笑非笑，帶著一股磁性的男性嗓音從他身後傳來。

伊凡回過頭，一眼見到一名站在大門陰影處的男子。

男子有一身蜜褐色的肌膚，身形高壯，他穿著白襯衫，下半身搭一件黑色褲子配馬靴，他的襯衫釦子鬆開了最上面兩顆，露出結實飽滿的胸肌，襯衫袖子隨意地捲至手肘，手臂上的肌肉線條也彰顯出這是一名力氣不小的男性。

他有一張足以讓無數女性一見鍾情的英俊面容，眼眸鮮紅而深邃，笑容輕佻，帶著一股玩世不恭的氣質。

「怎麼？」伊凡嘴角微揚，語氣帶著一絲挑釁。「我有說錯嗎？」

「小少爺，你不能因為有很多人類跟我告白，就這樣誤會我，我會傷心的。」

「別叫我小少爺，我很快就要當哥哥了。」

阿德曼聽見這冷淡的回答，頓時加深了笑意，朝他勾勾手。

「寶貝，過來這裡。我不能晒到太陽，你知道的。」

「收回你那噁心的稱呼，否則別怪我把你拖到太陽下。」

阿德曼發出低沉的笑聲，伊凡身後的血奴們則面面相覷。

「想跟我薩托奇斯家交換血奴，至少該拿出點誠意吧？嗯？」

「這不是正要展現誠意嗎？」伊凡脫下斗篷，隨手交給身後的血奴，自己則擺出優雅的姿態朝阿德曼走過去。

他伸出手，故作高傲地對阿德曼挑了挑眉：「薩托奇斯的代理家主，我人都走到你面前了，怎麼還不邀我進門？」換作任何一個貴族，絕對無法容忍這種無禮的言詞。

但這般蠻橫霸道的行為，正符合他們吸血鬼的作風。

阿德曼握住伊凡的手，語氣故作黏膩地回：「請進，寶貝。」

伊凡面無表情地抽回手，直接朝對方頭上拍下去。

◆

沒過多久，兩個家族繼承人便在餐廳享用起美酒。阿德曼吩咐僕人為血奴準備一些素食餐點，並帶他們到客房休息，接著又吩咐下屬去人類村莊挑三個志願者，他自己則美滋滋地坐在飯桌前享用晚餐。

與凡事喜歡親力親為的伊凡不同，阿德曼喜歡把事情交給別人做，自己在幕後享受掌控一切的快感。

譬如前幾天與聖騎士們的衝突。

「前幾天在我準備跟聖騎士們對峙時，突然冒出來的人類男孩是你家血奴吧？」伊凡開門見山地說。

阿德曼點點頭，得意地偏頭反問：「我家血奴做得不錯吧？雖然沒有帶走最強的那個，但也把其他礙事者都趕走了。我想剩下的那個你應該能對付，就沒出面幫忙了。」

「已經幫大忙了。」伊凡向他點頭致意，他們之間不需客套話。「那個男孩是你在育幼院拐來的？他年紀還太小了，不能吸血吧？」

「養個幾年就能吸了，再加上那小鬼挺機靈的，不虧。」

「你真是……」伊凡越想越氣惱，忍不住抱怨起來：「你就不能低調一點嗎？整個王城都知道你在育幼院拐走幼童的事，還有蓋布爾，那個白痴竟然當街擄人，長輩都說了獵捕人類要低調，結果你們一個比一個高調是怎樣？而且還是在同一個月發生的！你說神殿的人會怎麼想？」

「嘖嘖，你有什麼資格說這些話？農民是你拐的，聖騎士的妹妹也是你拐的。那群聖騎士會衝進森林裡尋人，不就是因為你拐了人家的妹妹嗎？」

兩人面面相覷，誰也找不到反駁的話，最後一同得出一個結論。

「總之就是蓋布爾的錯。」

「都是蓋布爾害的。」

兩人達成了共識，心安理得地繼續吃晚餐。

一盤油光粼粼的烤牛肉肋排被端上桌，一名僕從上前，熟練地切肉分盤。

雖說是吃素的吸血鬼，但正確來說，要吃素的只有血奴。他們吸血鬼是從不忌口的，雖說主食是血液，但人間的美食一樣能給吸血鬼帶來一場味蕾盛宴。

一個有自尊的吸血鬼從不允許自己吃得寒酸，每餐三杯血酒、兩道前菜、五道主食、三道甜點配水果都是常態。吃不完自然有血奴會幫他們吃，日子愜意得很，浪費食物還不用下地獄。

「阿德曼，最近別去王城了，接連發生四起吸血鬼擄人事件，他們肯定會加強王城的守備。」伊凡知道阿德曼向來喜歡混在人群中與人類一同狂歡作樂，但現在不是時候。「那裡畢竟不是我們的地盤，要是身分暴露了很危險。」

「這可不行。」阿德曼回得相當果斷。

伊凡想到阿德曼在原作的下場，眉頭一蹙，焦躁地回：「你到底知不知道事情的嚴重性——」

「伊凡，我要去接我的血奴回家。」

伊凡微微一愣，停下了話語。

阿德曼狀似漫不經心地吃著奧斯曼燉碎羊肉，語氣輕鬆卻隱約帶著一絲不容反駁的強硬：「我答應過那小鬼，如果他被帶回育幼院，我會再把他接回來。」

「……」

「那小鬼就是信了我的話，才會去當聖騎士誘餌的。人類對孩童有惻隱之心，聖騎士身為正義的化身更不可能傷害孩童，他是我的血奴中最適合當誘餌的人。」阿德曼微微一笑。「如果我不去接他，不就等於食言了嗎？吸血鬼只吸血，不食言的。」

伊凡說不出任何勸阻的話，若不是那個男孩，他恐怕已經被聖騎士們拖回神殿監禁了。

「過、過一段時間再接也沒關係吧？要是你被抓……就沒人能帶那孩子回家了。」

「那間育幼院的院長會體罰，常常罰孩子們不准吃飯。我擄走他的事鬧得滿城皆知，那個院長肯定會被大眾指責管理院童有疏失。若他回去了，你說院長會不會把氣出在他身上？」

伊凡沉默了。

「所以我得去把他帶回家，伊凡。他是我的血奴，我的領民。」阿德曼吃了一口血淋淋的一分熟牛排，神色自信地笑著說：「我可是薩托奇斯家的繼承人，純血吸血鬼，區區幾個人類哪是我的對手？」

他的言語間帶著身為吸血鬼的傲慢與自信，吸血鬼從不懼怕人類。

「我明白了。」伊凡沉重地吐了一口氣，眼神跟著認真起來，「我跟你一起去。」

「什麼？」

「兩個鬼一起去，總比一個鬼好吧？你去接人，我替你把風。」

「不是吧？我有沒有聽錯？小少爺，你去過王城幾次？」

「……沒幾次。」

「懂了，簡單來說就是沒去過。」

伊凡沉默一下，惱羞成怒地回：「廢話少說，你到底答不答應？我可是對聖光有抗性、能使用各種魔法的吸血鬼。我們兩個家族繼承人一起去，還怕拐不回一個小孩嗎？」

阿德曼被逗得哈哈大笑，他放下刀叉，將桌上盛著血液的酒杯一飲而盡。

「你願意幫忙當然好了。」

事實上，阿德曼也派使魔去王城觀察好幾天了，有了伊凡的助力，他們決定今晚就去王城把人帶回來。

晚餐結束後，兩人來到宅邸大門口。

「哥哥我今晚帶你去見見世面，你會喜歡王城的。」阿德曼動了動筋骨，暗紅的眼瞳在黑暗中微微發光。他緩緩閉上眼睛，待他再度睜開時，已經變成平凡無奇的灰藍色。

「不是說好了？除了育幼院之外，我們哪裡也不——等等你做什麼?!」伊凡話說到一半，忽然感覺腳底一輕，回過神來時，阿德曼已經用吸血鬼的飛快速度將他橫抱起來。

「你怎麼還是這麼瘦啊？都沒在喝血的嗎？」

「這是重點嗎？放我下來！」

「不要，你太慢了，我們可是要趕在黎明前回來，照你的跑步速度，我們要跑多久才能抵達王城啊？還不如我抱著你跑。」

「我們可以騎馬！」

「馬的速度有比吸血鬼快嗎？」阿德曼輕聲笑著，無視伊凡砸在自己肩上的拳頭。

「不、不要這樣抱，我的血奴還在這裡，萬一被他們看到——」那他身為領主的面子要往哪裡擺啊？好歹他也是艾路狄家的繼承人。

「知道了知道了，那我揹你。」阿德曼將他放下來，背對著伊凡單膝跪下。「快點，我們時間不多。」

「你是不是瞧不起我？」伊凡一邊嘀咕埋怨，一邊摟住了自家兒時玩伴的頸子，任憑對方將自己輕鬆揹起。

「我這是在體恤你。你要是血喝得跟我一樣多，我也用不著這樣揹你啊。」

伊凡啞口無言，阿德曼說的是實話。吸血鬼是靠喝血茁壯力量的，除此之外，他的半吸血鬼血脈也注定了他的速度、體力跟力氣遠遠比不上像阿德曼這樣的純血吸血鬼。

伊凡怕被別人看到，將頭埋在阿德曼的肩窩，可事實證明他想太多了，當阿德曼邁開腳步時，他感覺像是坐上一臺突然加速的火箭，周遭的景色都閃瞬而過。阿德曼奔馳在森林中，還跳到樹上，以驚人的跳躍力在樹林間穿梭。

「唔，慢、慢一點……」伊凡被晃得嚴重頭暈，感覺剛才吃的東西都要吐出來了。

「你這個人，」阿德曼嘖了一聲，跳到了平地上。「到底是不是吸血鬼？上次對上的聖騎士是大英雄尤里西斯吧？你是怎麼擊退他的？」

伊凡喘了口氣，決定避重就輕，他伸長了手，讓阿德曼看看自己還有點燒傷痕跡的指尖。「我徒手按住他的聖光劍。」

「……」

阿德曼吹了聲口哨。「酷，換作是我，手早就成焦炭了。」

聽到這裡，伊凡不禁有點小得意。自從上次暈倒被伊若娜逼著喝血後，他的體力已經恢復許多，這次對上尤里西斯不見得會在居於下風。

很快地，伊凡便看見一座燈火通明的大城市，城市正中央還有一座顯赫莊嚴的城堡，他瞇起眼，在阿德曼放他下來時，踮高了腳尖直盯著那座城堡。

他是個喜歡宅在領地的吸血鬼，再加上身分敏感，所以從沒來過王城。但說不好奇是假的，他很好奇父親的家鄉是什麼樣子。

伊凡知道父親有很多親戚，也知道父親以前的身分，他曾問過父親會不會想家，但父親只是帶著溫柔的笑說這裡就是他的家，所以伊凡也沒有在意過那些親戚。爸爸只提過自己的哥哥是個值得尊敬的人。

就他所知，奧斯曼王國是王權與神權並列的國家，王族與神殿都擁有自己的騎士團，有九成的居民都是太陽之神的信徒。所以一直以來，王公貴族與太陽教都保持密切的關係，貴族會將孩子送去神殿培養，神殿會讓他們的高階神職人員與貴族聯姻。

這也是為何《吸血鬼帝王》裡公主跟尤里西斯走得特別近的原因，尤里西斯是板上釘釘的下一任聖騎士長，貴族們都想跟他扯上關係。

「那個聖騎士是未來的神殿之劍，解決掉他可以省去很多麻煩。」阿德曼雙手環抱在胸前，打趣地提議。「下次再遇到那個聖騎士，就用你擅長的冰魔法把那個聖騎士凍結起來，如何？」

伊凡沒好氣地說。

「我可不想把魔力浪費在這種地方。」

在這個世界裡，能使用什麼魔法是根據種族來決定的，傳說吸血鬼是月亮之神創造的，所以吸血鬼只能用暗魔法。而人類是眾神之首太陽神的造物，所以他們可以使用眾神的魔法，如冰魔法與火魔法。

伊凡擁有一半的人類血脈，自然也得到其它神明的青睞，至於為何唯獨不能用光魔法，這就是原作設定，伊凡也懶得思考。畢竟是吸血鬼嘛，能用光魔法還叫吸血鬼嗎？

而他因為鮮少喝血，魔力量連一個後天吸血鬼都比不上，魔力自然得省著用。

「那你可要謹慎點，別被人類纏上了……」

阿德曼將伊凡拉過來，幫他整了整衣領，瞇起眼睛，聲音泛著幾分笑意：「人類欺善怕惡，最喜歡對你這種看起來弱不禁風的貴族少爺下手了。」

「對我下手？」伊凡被這番話逗笑，他的嘴角微微上揚，露出一點尖牙，身上透出一絲屬於吸血鬼的危險氣息。

阿德曼的眼中閃過一絲嗜血的光芒，他舔了下唇角，聲音輕柔地在伊凡耳邊說道：「這反而是我們的絕佳機會……你懂的，那些主動送上門的獵物，每次都會讓我很興奮。相信你也會喜歡的，伊凡。」

伊凡明白阿德曼是什麼意思，但他是個有人性的吸血鬼，不會這麼輕易地沉淪在吸血的快感中。

「我們快走吧。」他拍拍阿德曼的肩，走向潮溼的街頭。「育幼院在哪裡？」

「這邊。」阿德曼指了個方向。

兩人並肩而行，一個身姿虛浮而優雅，一個步伐有力而輕盈，他們穿梭在陰暗的街道巷弄中，身旁還跟著幾隻蝙蝠和烏鴉。

一隻烏鴉停在阿德曼的肩頭，發出刺耳的嘎嘎聲。

「育幼院目前只有兩人值夜班？」阿德曼聽完自家寵物的彙報，發出一聲不屑的嗤笑。「發生了這麼嚴重的誘拐事件，也才增加一個人巡邏，這家育幼院的經費被吞到哪裡了？」

伊凡伸長了手臂，讓三隻蝙蝠倒掛在自己的手臂上。

「別大意，育幼院附近有十幾名守衛在巡邏。」伊凡力求謹慎，趕緊命令蝙蝠們再多繞個幾圈。

原作裡的阿德曼就是在貝莉安遇害事件不久後被抓到的，伊凡從小跟阿德曼相識，比誰都了解阿德曼的實力。曾經有個不長眼的盜賊團在森林裡偷襲形影單隻的阿德曼，最後全軍覆沒，現場只留下一片血跡，以及十幾個面色驚恐的屍體，盜賊團的馬車跟裝備全被洗劫一空。

可就是這般強悍的吸血鬼，最終竟然被捉到了神殿監禁，這是伊凡怎樣也想不通的事。

伊凡搖搖頭，揮去腦海中關於原作的劇情，他認真觀察著周遭的動靜，對這個繁華的城鎮感到十分陌生。拉著貴族馬車的白馬踏著傲慢的步伐，行駛於街道上，每一個踏步掀起陣陣水花，弄髒了隔壁提水的婦女衣裙。偶爾可以在路邊見到衣衫襤褸的乞丐蹲在地上，雙眼無光地望著前方。一間屋簷漏水、牆壁斑駁發霉的平房裡，傳來太陽之神的祝禱詞，幾個平民窩在蠟燭前，對著蠟燭虔誠祝禱，祈求太陽之神帶來光明。

「這裡就是人類管轄的領地？」伊凡不敢置信地喃喃說道，「血奴的品質良莠不齊，他們也不在乎嗎？」

「人類的資源大多落在擁有高貴血脈的人身上，想要資源就必須得到他們的施捨，或是展現自己的價值。」

這讓伊凡想到了尤里西斯，尤里西斯便是那眾多平民中，展現自我價值脫穎而出的人。原作裡並沒有詳細描述奧斯曼王國是個怎樣的地方，鏡頭只關注在尤里西斯功成名就的過程。如今見到這番光景，伊凡才漸漸了解這是個怎樣的世界。

「你當初又怎麼會想拐走那個小孩？」

「當時我從酒館出來，正準備回家，就看到那孩子孤零零地待在育幼院後院裡。」想到當時的場景，阿德曼壓抑不住笑容。

「我跟他說，小孩就該乖乖待在屋子裡，半夜待在外面很容易被吸血鬼抓走。」他還記得當他說完後，男孩露出一臉無所謂的神情。

「他說，不管是人還是吸血鬼都無所謂，只要能離開這裡就好。所以我就把他抱走了。」

「……」

「人類是我們吸血鬼的獵物。只要是我看上的人類，就該屬於我。」阿德曼的語氣帶著吸血鬼獨有的傲慢，但伊凡並不討厭。

皎潔的月光下，有兩道黑色身影在屋頂上奔馳，他們的身姿矯健輕盈，身旁圍繞著蝙蝠與烏鴉，他們的身影一閃即逝，底下巡守的人類絲毫沒有察覺到吸血鬼已然潛入了他們的城市。

兩人來到育幼院的屋頂上，伊凡眺望著周遭的建築物，揮手催促自家兒時玩伴趕緊辦事。

「快去，要是育幼院發現人又不見了，肯定會通報神殿的。」

阿德曼點點頭，在烏鴉的指引下鑽進一扇閣樓窗戶，無聲無息地潛進育幼院裡。

伊凡垂下眼簾，全副心神專注於感知附近的魔力波動。蝙蝠們告訴他周遭的守衛都離他們有一段距離，且毫無察覺到這裡的動靜。這讓伊凡感到很放心，但又隱隱感到一絲不對勁。

照這鬆散的警備情況來看，他們要抱走一個小孩是再簡單不過的事，那為什麼阿德曼會被抓呢？

他還來不及細想，便聽見育幼院裡傳來一個男孩的尖叫聲。

「阿德曼！」伊凡大喝一聲，他的雙手凝聚魔力，下一秒便看到一個身影從二樓撞碎窗戶玻璃衝了出來，狼狽地滾了好幾圈。

阿德曼從地上爬起來，低頭看向小心翼翼護在懷中的男孩，神色略為驚慌地問：「有受傷嗎？」

「沒、沒有……」他的血奴男孩臉色慘白地搖搖頭，似乎被嚇壞了。

「怎麼回事?!」伊凡從屋頂上躍下，輕盈地落在兩人身前。

話音剛落，一個彷彿從地獄爬出來的陰森聲音從兩人背後傳來。

「吸血鬼。」一名中年男子的嗓音帶著陰沉的語氣沉聲開口：「你以為我們人類會再犯同樣的錯嗎？這裡可不是你的狩獵場。」

伊凡順著阿德曼的目光，戰戰兢兢地往後一看。

堵在兩人前方的是一名擁有戰士體格的中年男人，他的臉上劃著一道傷痕，右腿瘸了，走路一拐一拐的，他身穿白色騎士服，手持散發著聖光的長劍，身上散發著屬於強者的氣息。

伊凡瞪大眼睛，感覺那顆已經死寂的心臟用力跳了一下。

臉上帶疤，跛腳的聖騎士。《吸血鬼帝王》的登場角色裡只有一個男人有這樣的特徵。

奧斯曼王國的現任聖騎士長，締造無數傳說的賈克森。他是尤里西斯的老師，上任幾十年屢屢建立功績，是家喻戶曉的人物。賈克森在前陣子率領聖騎士團前往王國邊境驅逐惡龍，過程中不幸遭惡龍咬傷，右腳筋腱斷裂。

這對一個戰士來說是致命傷害，賈克森在尤里西斯的救援下撿回一條命，卻也失去站在前線的資格。縱然老騎士的功績顯赫，但近年來尤里西斯早在他的指導下聲名大噪，聽聞他受傷告假，有的信徒表示關心，但更多的是期待尤里西斯接任的信徒。

伊凡對這個人的遭遇也感到有些唏噓，明明也是個紅極一時的英雄，可在主角光環的照耀下，賈克森的光芒被掩蓋掉了。

伊凡記得原作中賈克森為了治療腿傷，向神殿申請了長期休假，直到聖騎士長交接典禮才再度出現。照理來講，不該出現在這裡才對。

「我說過了，阿德曼，總有一天你會為你的傲慢付出代價。」賈克森的眼中燃燒著熊熊戰意，看著完全不像個需要從前線退役的騎士。

「一個瘸腿的老頭子瞎說什麼大話。」阿德曼將男孩放到地上，他的雙眼逐漸轉回原本的赤紅，手臂肌肉的青筋鼓起。「你倒是學聰明了，居然會跑來這裡埋伏。」

「因為我知道你一定會回來，你性格高傲自滿，哪可能把到手的獵物放走。」賈克森冷冷地回。

伊凡性格低調，平日只待在森林。但蓋布爾家跟薩托奇斯家的吸血鬼不同，他們喜歡去王城，也因此跟聖騎士起過不少衝突。

伊凡瞄了一眼育幼院，察覺到他的目光後，那些躲在窗後的人們統統縮了回去。

伊凡攤開雙手，森森白霧以他為中心蔓延開來，化為幻影結界包裹住整個育幼院，這是他們吸血鬼的拿手好戲——迷霧結界。賈克森已經夠強了，他可不打算讓其他人來支援。

「白髮紅眼、身形瘦弱的魔法師。你是奧斯曼的幽靈吧？」賈克森也靠這些線索認出了伊凡，他的眼神帶著殺氣，恨不得把眼前的兩位吸血鬼生吞活剝。

「嗯，是我。不過我可是有名字的，」伊凡無所畏懼，目光冷峻地瞄了他一眼。「我叫伊凡·艾路狄，吸血鬼女王伊若娜之子，給我記好了。」

賈克森左腳一蹬，以迅雷不及掩耳的速度朝伊凡衝過來。

砰一聲，那把即將刺到伊凡的長劍被人硬生生揮開，賈克森被這股力道弄得差點跌在地上，他趕緊站穩腳步，咬牙切齒地瞪著眼前的吸血鬼。

「老頭子，當我吃素的是不是？我還在這裡呢。」阿德曼站在伊凡身前，兩手各持一把短刀，笑容帶著濃濃的挑釁。

強大的吸血鬼不可怕，可怕的是會使用武器的吸血鬼。阿德曼是三大吸血鬼家族中戰鬥能力最頂尖的吸血鬼，擁有超乎人類的怪力與速度。

阿德曼的揮刀姿勢優美而有力，像是一個舞刀的精靈，舉手投足間，一堆刀光劍影在他眼前閃爍，相較之下賈克森的攻擊相當單調，都是一些基礎動作，但在華麗的刀光劍影下竟不落人後，與阿德曼打得平分秋色。

伊凡的雙手泛起淡綠色的光芒，埋在地底的樹根竄土而出，猶如蛇蠍般向賈克森的腿吐出蛇信子。

賈克森的弱點正是雙腳，他的腳步因瘸腿的關係不是很穩，在專心對付阿德曼的過程中，幾枝樹根成功纏上他的瘸腿。

黑暗中紅光一閃，阿德曼抓緊一線機會，一劍砍上了賈克森的肩膀。

賈克森一把踹開樹根，摀著染血的肩膀，氣喘吁吁地瞪著伊凡。

「聖騎士長，你的腳已經瘸了，要是手也跟著廢掉，可就真的揮不了劍了啊。」阿德曼後退幾步，笑咪咪地走到人類男孩身旁。「何必呢？還是保住自己比較重要吧？我也只是來帶走我的血奴而已，其他人類小孩我可沒興趣。」

伊凡揮了揮手，幾隻冰箭憑空而出，對準了賈克森。「你放心，我們只是心血來潮，光是領地內的血奴就夠我們喝了。」

「就是說啊，你該擔心的是蓋布爾家吧？對他們而言，血奴只要失去處子之身，就沒有價值了。他們換血奴的速度可快了。」

「你們又好到哪裡去？一個擄走即將嫁人的年輕少女，一個擄走不到十歲的男孩，明明就是一群把人類當食物看的怪物，還敢把自己當好人？」

聽見這陰狠的語氣，人類男孩有些害怕地捉住吸血鬼的衣角，小聲地嘟囔：「阿德曼……」

阿德曼摸了摸對方的頭，以囂張無比的語氣安撫：「別怕，那只是個過氣的老頭子而已。」

賈克森似乎被這句話刺激到，他的雙眼泛紅，長劍發出刺眼的白光，「該死的吸血鬼——」

天空發出玻璃碎裂聲，與此同時，伊凡感覺到有人大力推了他一下。

在他差點摔倒之際，阿德曼騰出另一隻手扶住他。

伊凡兩手攙扶在阿德曼身上，他錯愕地望向天空，感覺頭被人狠狠拍了一下，下一秒，幻影結界出現數不清的碎裂痕跡，像被打碎的鏡子化成無數碎片，墜落在地上。

「老師，」一名穿著白色聖騎士服，一手持著白色光團，一手持著長劍，神情肅穆認真的男人出現在育幼院大門口。「您沒事吧？」

完了。

這是伊凡腦海裡浮現的第一想法。

他終於知道阿德曼為何會被抓了，這該死的主角又出來礙事！

伊凡內心備感無措，原作中沒這一段啊！阿德曼居然是被聖騎士師徒聯手抓到的？還是說如果沒他的幫助，阿德曼會輸給賈克森？

伊凡感覺到尤里西斯灼人的目光，他努力維持著鎮定，故作冷漠地看向尤里西斯。

尤里西斯的殺氣已經明顯到快化為利劍刺傷他了，伊凡心想，他肯定已經被尤里西斯誤認為戀童癖了，他們這些吸血鬼整天不學好，淨拐些年幼的獵物。

「尤里，這兩隻吸血鬼是薩托奇斯家與艾路狄家的繼承人，千萬不能掉以輕心。」賈克森雙手握住長劍，咬牙重新擺出備戰姿勢。

「我知道，老師。」尤里西斯將劍尖舉向伊凡，跟著擺出準備戰鬥的姿態。「伊凡．艾路狄不怕聖光，請您務必小心。」

其實還是怕的，伊凡心想。他要是被那團白光砸中，八成會當場暈過去。

與專修劍術的賈克森不同，尤里西斯不論魔法還是劍術都很擅長，尤其擅長治癒術。只見他將光球丟到賈克森的肩膀上，賈克森的傷勢就好了一大半。

伊凡將浮在空中的冰箭丟到尤里西斯身上，與此同時又有十幾隻冰箭浮現在他背後。他跟阿德曼交換一個眼神，隨後同時對尤里西斯展開攻擊。

尤里西斯神色一凜，往旁邊翻滾一圈，避開大多數冰箭，接著又用劍一一彈開剩下的冰箭。在他擊碎最後一隻冰箭時，阿德曼的身影乍現，一刀朝他的腹部刺來。

尤里西斯身子一閃，另一手凝聚聖光，準備朝阿德曼揍下去。

伊凡一個心驚，他衝向前，一把抓住尤里西斯的手臂，數不清的樹根竄土而出，纏住了尤里西斯。

「給我滾開！」尤里西斯發出怒吼，他用力甩開伊凡的手，一劍擋下阿德曼的襲擊。「老師，先解決伊凡．艾路狄！我妹妹還在他手上！」

「別碰他！」阿德曼一把將伊凡扯過來，撈到自己身後。他深知伊凡的反應力不及敵人，所以主動上前跟兩個聖騎士纏鬥起來。

伊凡感覺有些頭暈目眩，他穩住腳步，喃喃念起咒語。伊凡身後的影子晃動，十幾隻蝙蝠朝這裡聚集而來。伊凡的眼瞳散發著暗淡的光，將手指向兩位聖騎士。

霎時，蝙蝠們的影子朝聖騎士們襲來，影子們啃咬上聖騎士的影子。被啃食到的瞬間，兩位聖騎士都感覺自己被拉扯了一下，變得寸步難行。

這只是無傷大雅的小妨礙，但當他們面對的是一個攻速極快的吸血鬼時，這些妨礙就變得很致命。

只是稍稍一瞬間，阿德曼便在他們身上劃下好幾道血痕。

尤里西斯咬牙暫時擊退了阿德曼，他的眼角餘光瞄到人類男孩害怕的眼神，神色越發陰暗。

那些跟吸血鬼扯上關係的老弱婦孺通常不會有什麼好下場，這群吸血鬼是奧斯曼王國的毒瘤，要是今天不解決他們，往後還有多少人會慘遭毒手？

耳邊彷彿傳來刺耳的啼哭聲。尤里西斯越想越火大，他的長劍爆出一陣閃耀的光芒，他一劍揮出，聖光隨著他的劍氣飛躍而出，猶如一把銳利的刀刃斬向了阿德曼。

阿德曼沒料到這招，他奮力一閃，側腹還是被光刃劃出一道傷。

「阿德曼！」率先喊出聲的是那名人類男孩，人類男孩看到阿德曼的側腹流血，奮不顧身地衝過去，一副快哭出來的樣子。

「別過來，要是你受傷了，我要花很多時間才能養好你。」阿德曼一把將他推開，抹了下脣邊溢出的血。

看見這畫面，尤里西斯感到一絲遲疑，但在他遲疑時，賈克森已經衝過去，一劍捅向阿德曼。

「別猶豫，尤里！吸血鬼是擅於蠱惑人心的魔物，他們會偽裝成人類喜歡的樣子，引誘人類受騙上當！不要被他們騙了！」

聞言，尤里西斯內心的遲疑消散了，他握著聖光劍，一波又一波地朝兩隻吸血鬼砍去。

「伊凡，你快走！」阿德曼被這聖光劍的遠距攻擊搞得自顧不暇，在兩個聖騎士的圍攻下，他抽空對自家兒時玩伴吼道。

「閉嘴，要走的是你，你一個純血吸血鬼，怎麼可能在神殿住得慣？」伊凡用蝙蝠影子拖住兩個聖騎士的行動，站到阿德曼身前。

他回頭看了阿德曼一眼，堅決地說：「我有籌碼可以跟這些聖騎士交涉，你先帶著那孩子——」

他話說到一半，尤里西斯一把將他扯過來，用力揪住他的衣領，惡狠狠地吼：「你到底對貝莉安做了什麼？為什麼她不肯回來！」

「想知道嗎？」伊凡勉強露出一個笑容。「那你得先把我的同伴放走。」

尤里西斯又感到一股違和感，他感覺自己對吸血鬼的認知好像正逐漸被擊碎，尤里西斯感到很焦躁，不斷否定內心那些想法。

就在這時，一隻男人的手用力抓住他的手腕，狠狠將他甩開，將尤里西斯手中的吸血鬼拉了過去。

「像你這種營養不良的吸血鬼，要是被聖騎士抓去拷問，根本活不到明天，憑什麼留下來當人質？」阿德曼用力抓著伊凡的手臂，氣勢凶狠地逼問著。

「我有聖騎士要的人質，我可以抵抗聖光，你行嗎？給我回家吃草！」伊凡不甘示弱地嗆回去。

「你才是給我哭著回家找爸媽！」

聽見這回答，伊凡頓時想到了父親。

他靈機一動，從懷中掏出父親交給他的袋子，將裡面的東西從袋子掏出來，奮力往聖騎士身上一丟。

師徒倆眼明手快地避開，他們忌諱地拉開距離，正打算仔細瞧瞧吸血鬼丟出了什麼法寶，卻不料眼前的東西超乎想像。

只見一個長相詭譎的植物躺在地上，這植物乍看之下像個蘿蔔，頭頂有幾根乾扁綠葉，身形似人類，有修長的雙腳。

長腳蘿蔔孤零零地躺在地上，它似乎意識到自己離開了泥土，頓時不滿地張大嘴巴，大聲啼哭起來。

「哇啊啊啊——」小蘿蔔發出嬰兒的哭聲，其聲音堪比教堂敲鐘，震得方圓一里內的居民都被驚醒了，更不用提站在旁邊的尤里西斯跟賈克森。聖騎士們立刻摀住耳朵，表情就像被鋤頭狠狠敲了一下。

「哈哈哈，那不是曼德拉草嗎！」阿德曼早領教過這東西的厲害了，頓時大笑出聲。「這聲音比你們家送過來的那幾個更宏亮！」

伊凡撤掉了白霧結界，跟著幸災樂禍起來。「是要先處理曼德拉草還是先處理吸血鬼，選一個吧！」

「怎麼回事?!」

「育幼院虐童了嗎？我就知道！」

「咦？這不是賈克森騎士長跟尤里西斯嗎？」

在附近巡邏的衛兵、住在育幼院旁的居民，還有喝得正開心的酒館客人們紛紛過來一探究竟，兩個吸血鬼則很有默契地一個打掩護，一個撈起小孩，趁亂溜上屋頂。

尤里西斯從沒見過這種東西，他手忙腳亂地摀住曼德拉草的嘴，卻不料哭聲才稍作停歇，屋頂上又傳來一陣嬰兒哭聲。

只見伊凡雙手掌心放在唇邊，發出孩童般的哭喊聲，那聲音撕心肺裂，乍聽之下竟與曼德拉草有九分相似。

尤里西斯：「……」

阿德曼已經笑彎了腰，他一手扛著小男孩，一手拉上伊凡，還不忘扔一個得意洋洋的眼神。

「還愣著幹什麼？那是曼德拉草！曼德拉草只有在土裡才會安分，快把這玩意兒塞到土裡，不，扔下！吸血鬼要跑了！」

「可是老師，您說過曼德拉草是危險的藥草，若碰到這東西一定要捉起來通報神殿處理。」

「現在哪有時間通報神殿?!再說你不就是神殿的人嗎！」

「一群白痴，哈哈哈哈……」阿德曼毫不留情地哈哈大笑，對伊凡眨了個眼。「我們走吧。」

「等一下，我有個禮物要給那個聖騎士。」伊凡從懷中掏出一張信紙，迅速地將它摺成紙飛機。

他將紙飛機扔出去，一陣刺骨的寒風隨後湧上，輕飄飄地捧著紙飛機在空中翱翔。

在場的人類哪知道紙飛機是什麼東西，看到那被吸血鬼折成奇形怪狀的紙張，又以為他要施展什麼魔法，一人被曼德拉草搞得一個頭兩個大，另一人則把紙飛機當成惡龍般對待，如此荒唐的情景讓伊凡忍不住笑出聲。

一陣迷霧吞噬他的視野，蒼蒼白霧中，一隻冰冷的手攬過他的肩膀。

「別理他們了，我們走。」阿德曼施展迷霧魔法，熟門熟路地帶著一大一小逃到暗巷。「你不是說過太陽神殿是收購曼德拉草的大戶廠商嗎？怎麼他們看起來跟曼德拉草一點也不熟？」

「因為他們向來把曼德拉草視為邪物，只敢收購處理過的曼德拉草啊。」伊凡噗哧一笑。「據說他們拿到曼德拉草，還要先用神聖鼠尾草薰香七天，進行繁瑣的祈福儀式後才肯用呢。」

「他們難道不知道栽種曼德拉草的人就是他們的王子殿下嗎？哈哈哈！這是在懷疑王子殿下會賣邪物給他們？對王子也太不敬了吧？」

「誰知道呢？神殿八成以為我爸已經死了吧。」伊凡聳聳肩。「你覺得一般人會相信吸血鬼女王跟人類王子墜入愛河嗎？」

「不可能的，因為我們是吸血鬼啊。」阿德曼抱緊人類男孩，聲音含著一絲滿足的笑意。「誘拐人類可是我們的拿手好戲。」

「不是誘拐，我是自願跟你走的。」人類男孩在他懷中發出不滿的哼哼聲，「你說過要帶我回家的，不能反悔。」

鮮血染紅了阿德曼的白衫，刀光劍影在阿德曼身上留下了傷痕，薩托奇斯家的吸血鬼此刻渾身狼狽，但表情一如既往的自信且傲慢。

「怎麼可能反悔？我不是說過了，只要是我看上的人類，就該屬於我。」

聖騎士師徒倆一人捉著紙飛機，一人捧著埋了曼德拉草的花盆，搞得灰頭土臉。不知情的人還以為他們半夜跑去捉雞，被吵醒的居民們圍繞著現任與下一任聖騎士長指指點點，有人還竊笑出聲。

「我絕對要殺了那兩個吸血鬼！」

在尤里西斯請聞聲而來的巡邏士兵驅散居民時，賈克森黑著一張臉對著屋頂低聲咒罵。

尤里西斯瞄了他一眼，偷偷將紙飛機塞入懷裡，主動接過賈克森手上的大花盆。

曼德拉草埋在土裡嚶嚶哭泣，不知情的人還以為聖騎士在活埋嬰兒，紛紛對他們投以詭譎的目光。尤里西斯無可奈何，只好親自去井邊打水幫曼德拉草澆水，忙了一番，曼德拉草總算安靜下來。

他面無表情地雙手捧著大花盆，跟老師一同回神殿，這是他第一次被吸血鬼整得這麼慘。

那個奧斯曼的幽靈也沒施展什麼大魔法，用了點小把戲就把他們耍得團團轉。

「這肯定是二王子搞出來的東西，那個混帳王子，生了個混世魔王，還種植此等邪物！」

「這是萊特殿下種的？」

「肯定是！你不知道也是正常的，那時你還沒出生。」賈克森厭惡地瞄了大花盆一眼，以只有兩人聽得到的音量說道：「二王子是個性格古怪的書呆子，他聰慧過人，自幼就對曼德拉草十分著迷，這植物雖然是有止痛效果的珍貴藥材，但它只會在屍體上發芽。」

尤里西斯的神色頓時古怪起來。他的腦海中忽然浮現二王子笑容燦爛地對滿地屍體澆水的畫面。

好吧，巴澤爾說的對，萊特王子肯定還活著，說不定還過得很好。

「聽聞他失蹤時，我還鬆了一口氣，要是讓那傢伙當上王，奧斯曼王國肯定會完蛋。」

「但是神殿不是一直有在使用曼德拉草嗎？」尤里西斯垂下眼簾，對這番話感到有些不適。「那些治療外傷的藥膏和藥水都有摻雜曼德拉草粉末。」

「是不是那個聖女跟你說的？女人說的話有幾分可信？」

「如果您還想擺脫單身就別再說這種話了，老師。」

「閉嘴！我不是說過了，只要你條件夠好，異性就會主動貼上來，只是要遇到真心愛你的好女人很難。」說到這裡，賈克森滿臉陰沉地開始碎碎念：「現在大多數女人都喜歡吸血鬼，因為他們又壞又帥還有錢，尤其是那三個吸血鬼公子，真是眼瞎了。」

要說帥嗎？尤里西斯承認，那三個吸血鬼公子都很帥；有錢嗎？肯定是有的，人家有累積上千年的祖產，還能窮到哪裡去？但壞？這就見仁見智了。

但不得不承認，近年來，三大吸血鬼公子的事在民間傳得沸沸揚揚。傳說艾路狄家的繼承人冰冷無情、薩托奇斯家的繼承人輕浮多情、蓋布爾家的繼承人溫柔專情。

薩托奇斯家的吸血鬼公子不拘小節，常常混進民間酒館跟人類暢飲狂歡，心情好時還會請客，在平民間的人緣好到令神殿頭痛。蓋布爾家的吸血鬼公子優雅紳士，時不時出現在貴族們的社交宴上，把宴會上的紳士淑女們迷得神魂顛倒。相較之下，艾路狄家的吸血鬼公子算是相當內向，唯一的興趣就是在森林散步。

「不是我要說，就算現在公主跟你示好，等她遇到那個伊凡，說不定就跟著人家跑了。公主殿下不是曾說她喜歡氣質柔和又纖細的人嗎？那個小白臉挺符合的。」

「她有說過嗎？」尤里西斯疑惑地反問。

「她在成年舞會上有說過啊！你當時不是她的舞伴嗎？怎麼會忘了！」

「老師記得才比較奇怪吧，我記得她沒跟您說過幾句話？」

聽到他反問，賈克森閉口不言了。

若公主真的跟伊凡跑了，尤里西斯也能理解。因為伊凡．艾路狄是個美男子，長相俊美柔和、身形纖弱，抱起來也沒什麼肉……

尤里西斯發現思緒有點跑偏了，他趕緊回過神，故作正經地對賈克森說：「我妹妹還在伊凡．艾路狄手上。我會把她搶回來的。」

「我相信你可以的。」賈克森拍了拍他的肩，他早就看到了尤里西斯無限的潛力。

「老師，您先回去休息吧，您畢竟還在休假，不該來這裡加班的。」

賈克森大概是覺得丟臉，便草草告辭，順著臺階下了。

尤里西斯單獨回到神殿，基層人員們看到他拿著這個大花盆，紛紛想替他代勞處理，但都被尤里西斯拒絕了。

聖騎士表示這是吸血鬼留下來的東西，危險性很高，他必須親自處理。
所以他就這樣把大花盆搬到閒置的宿舍房間了。
安置好大花盆後，尤里西斯坐在空蕩蕩的床上，從懷中掏出有著貝莉安字跡的紙飛機，認真地閱讀起來。

◆

尤里西斯將一字一句熟讀入心，反覆看著信中的內容，待回過神來，天色已經快亮了。
他收起信紙，失落地走出宿舍。
坦白說，在貝莉安的婚事上，他從未問過貝莉安的想法，在伯爵提議時，尤里西斯當下就答應了這樁婚事，因為他生怕這個天上掉下來的餡餅會溜走。
他從未問過妹妹想要怎樣的生活、喜歡怎樣的人。他以為一個女孩子嫁個好人家，就可以過上幸福的日子，畢竟貝莉安不可能跟著他一輩子，她遲早會嫁出去。
這是奧斯曼社會的風氣，所以他也以為這是貝莉安想要的生活。
尤里西斯感到很迷惘，他其實也曉得。
必須壓抑自我的感覺，他比誰都清楚。他是聖騎士、萬眾矚目的英雄，所有的行為舉止都要符合大眾觀感。

所以有些祕密，他從沒告訴過任何人。

「嗚……」

尤里西斯走在回家的路上，從狹窄的街道巷弄中傳來一聲嬌弱的哀鳴。

尤里西斯循著聲音看過去，一眼見到一名穿著華麗的少女虛弱地躺在陰暗的角落。尤里西斯眉頭一皺，謹慎地朝少女湊近。

「救……救我……好冷……好想吃東西……」

尤里西斯沉默一下，將少女從地上扶起來，「我帶妳去神殿。」

「不行！」少女猛然抬起頭，露出那絕美清麗的容顏。「神職人員會將我的行蹤通報給我家人！我不想被帶回家！」

說完後，少女臉頰微微泛紅，羞澀地對尤里西斯說道：「你……你家有食物嗎？只要有麵包就行了。」

「……有。」尤里西斯面無表情地回答。

「啊，那、那有熱水嗎？我、我三天沒洗澡了，有點……」

「……」

「沒關係，冷、冷水也可以，我只是想……弄得乾淨一點……」

「……」

尤里西斯的眼神黯淡無光，用毫無起伏的語氣說道：「可以，跟我來吧。」

不然還能怎樣？

把人扔在這裡嗎？

他一個聖騎士，如果把需要幫助的弱女子扔在路邊不管，這件事要是傳出去，他還要做人嗎？

尤里西斯試著將少女從地上拉起來，但少女渾身發軟，躺在地上動彈不得。無奈之下，尤里西斯一把將人揹起。

「謝謝你，我日後一定會答謝你的！請、請問你叫什麼名字？」

「尤里西斯。」

「尤里西斯？是那個聖騎士長尤里西斯嗎！」

尤里西斯試著保持耐心：「是副騎士長尤里西斯，我老師還沒退休。」

一般而言，擁有這般天仙姿色、穿著華貴的少女獨自在街上逗留，沒過多久就會出事，王城的治安並不好。但尤里西斯已經見怪不怪了，他已經不是第一次在路上撿到一個美少女。

尤里西斯將少女帶回家，沉默地從櫥櫃中拿出麵包，再沉默地切了幾片火腿，漠然地看著少女狼吞虎嚥地將妹妹買來的食物吃得乾乾淨淨。

尤里西斯沒有問少女為何躺在路邊，他沒有興趣，也不想知道。他就像個雕像，在少女吃完後將碗盤收拾到碗槽，冷靜地表示自己要去睡覺。

「我要去睡一下，妳可以自己——」

「等、等一下，我沒有換洗衣物啊！」少女驚慌地拉住他，糾結一會兒，用氣音羞赧地問：

「你、你有換洗衣物可以借我穿嗎？」

尤里西斯木然地回：「有。」

不然呢？

這是他的家，他如果說沒有換洗衣物，鬼都不會相信。

尤里西斯心不甘情不願地將貝莉安的舊衣物遞給少女，還被少女懷疑地問：「這件是……你情人的衣物？」

「是我妹妹的。」

尤里西斯面無表情地看到對方鬆一口氣。

「那、那你妹妹去哪裡了？她不住這裡嗎？」少女有些忐忑不安地東張西望。

「她……目前住在不太容易抵達的地方。」尤里西斯的神色沉了幾分，語氣帶著一絲顯而易見的失落。「偶爾才會回來，也可能不會回來了。洗完澡妳可以去她房間休息，我只借妳住一天。」

他看見少女臉上不滿的神色，那個表情就像在埋怨他面對一個孤苦無依、無家可歸的美少女，怎麼可以這麼無情，借宿一天就把人趕出去？

面對突然與美少女同居的艷福，尤里西斯心如止水，假裝什麼也沒看見地走向自己的臥房，準備倒頭就睡。

「喂，你！你不問我是從哪裡來的嗎？」

坦白說，他不想問。

照他以往的經驗來看，一旦問了會有一堆麻煩事等著他，他現在只想專心在吸血鬼任務上，不想再惹上其他麻煩。

「我現在很睏，而且我今天休假，有什麼困難請妳去神殿求助。」

「你不是隸屬於神殿的聖騎士嗎？我直接向你求助不行嗎？」少女焦急地捉住他的手。

「……」尤里西斯覺得很煩燥。

「拜託你，我父親想把我嫁給一個肥胖好色的子爵換取政治聯姻帶來的好處，我、我不想——」

少女急得淚水在眼眶裡打轉。

「那妳應該去求助吸血鬼，而不是來求助我。」

「……啊？」

尤里西斯趁少女呆若木雞的時候掙脫她的手，他重重關上門，脫下沉重的聖騎士外套，倒在床鋪上。

即使他努力想睡，貝莉安婉拒婚事的字句仍像針一樣紮在他身上。他明明比誰都了解被強迫符合社會觀感的痛苦，卻將類似的痛苦加諸在貝莉安身上。

他越想越難以入睡，最後從床上坐起身，換了一身便服，一手拿起配劍，走出了臥室。

他打算先去商店街買一些貝莉安可能會用到的東西，尤里西斯不想讓一個陌生人單獨留在自己家，但他是個聖騎士，一個優秀的聖騎士不會把可憐無助的少女丟在街上。

出於禮貌，他敲了敲貝莉安的房門。

沒有回應。

尤里西斯再度敲了敲。

依然沒有回應。

尤里西斯想說少女可能睡了，他以輕柔的動作打開門，打算跟少女告知自己要先出門一下。

然而當他開門時，立刻看到一幅香豔的場景。

只見少女脫下了髒兮兮的洋裝與襯裙，身上只穿著一件寬鬆的白色內衣，露出渾圓的胸部線條、深刻的乳溝與白皙的大腿，姣好的身材一覽無遺。

尤里西斯：「……」

少女：「……」

尤里西斯看著半裸的少女，心如止水，下半身毫無悸動。

他禮貌性地別開眼，聲音毫無起伏地說：「我先出去，妳慢慢──」

話音未落，一個枕頭便直接砸到尤里西斯臉上。

「你、你你你這變態，還不快給我出去！」少女臉色通紅地高聲喊道。

尤里西斯撿起枕頭，拍了拍枕頭的灰塵，隨後淡定地關上門。

他看向碗槽內待洗的餐具，又低頭看了看枕頭上的髒汙，最後默默地把枕頭放到洗衣籃，將碗全部洗好歸位。

「喂，你！」少女氣急敗壞的聲音從他身後傳來。「剛剛全都看到了是吧？」

尤里西斯回過頭，臉上依舊是一副鐵打不動的木頭表情。他盯著少女身上屬於貝莉安的衣服，忽然覺得自己選錯衣服了，貝莉安很喜歡這件，他不該借人的。

「別擔心，我會當作沒看到。」

少女被他的言行舉止弄得羞紅了臉，她走到尤里西斯面前，氣勢洶洶地指了指尤里西斯的胸膛逼問：「你明明看得一清二楚！居然還打算裝作沒看到？」

「我剛剛敲門的時候，妳為什麼沒應一聲？如果妳有回應，我就不會進去。」

「我、我平時都有侍女幫忙更衣，又是第一次穿這種衣服，一時過於專心在研究如何穿上，才沒注意到你的敲門聲，你應該多敲幾次，或是等我開門了再進來，怎麼可以這樣突然闖進淑女的房間！」

尤里西斯沉默一下，道：「這是我妹妹的房間。」

「你……」少女被他堵得說不出話，最後氣憤難當地說：「這又不是重點！你這木頭！」

尤里西斯不想跟她爭辯，直接切入重點：「既然妳還這麼有精神，想必也不用休息了。我正準備出門，妳也該回去了。」

「不、不是說我不能回家嗎？我一回去就得被迫嫁給肥胖好色的子爵啊！」一聽到尤里西斯要趕她離開，少女立刻垮下了臉，哭哭啼啼地抱住尤里西斯的手臂。「拜託你不要趕我走！」

尤里西斯感覺到手臂上傳來的柔軟觸感，他皺了皺眉，想將手抽出，卻徒勞無功，他總不能粗暴地推開人家。

尤里西斯忽然很想問伊凡，願不願意再多收一位血奴。

他做了好幾次深呼吸，努力想著聖騎士的薪資、福利還有老師的交代。賈克森說過，聖騎士就是要幫助有困難的人。騎士要對淑女紳士。

尤里西斯閉了閉眼，咬著牙說出違心之論：「知道了，那妳就先留在這裡，可以放開我嗎？我要去買東西。」

少女破涕為笑，連忙放開對他的箝制。「你要去買什麼？什麼時候會回來？」

「去買一些東西，晚上回來。」尤里西斯快速敷衍完後，幾乎像逃命一般走出家裡。

離家好幾分鐘後，尤里西斯忽然又想到少女方才壓在手臂上的柔軟觸感，還有為了逼問他而按在他胸膛上的秀氣指尖。

尤里西斯的眉頭皺成一團，渾身上下起了雞皮疙瘩。

對，雞皮疙瘩。

尤里西斯有一個不為人知的祕密。

他的下半身只對同性有性趣。

也不知怎麼回事，從小他就對異性毫無感覺，反而遇到同性會臉紅心跳。之所以成為騎士，也是因為騎士團裡有各式各樣散發雄性荷爾蒙的男人，尤里西斯覺得這種工作環境很香很棒。再加上貝莉安說想看哥哥穿白色騎士服，所以尤里西斯選擇加入隸屬於神殿的聖騎士團。

直到進入騎士團，尤里西斯才幻想破滅，因為他的同袍都是一群又髒又臭還會覬覦他心愛妹妹的臭男生，除了身材很好之外，沒有任何可取之處。除此之外，他的異性緣好得出奇，走在路上都能撿到各式美少女，走到哪裡都能感受到女性愛慕的目光，不管他再怎麼努力跟異性保持距離，命運總無情地將一桶又一桶的異性桃花灑下來，恨不得用桃花淹死他。

尤里西斯每天禱告時都會在內心詢問太陽之神是不是討厭他，他知道自己確實是因為一時色欲薰心才加入了聖騎士團，但他沒有騷擾過任何人，一直將性向默默藏在心裡。

之所以撿到那名貴族少女，說不定也是太陽之神在懲罰他，因為他不是為了信仰，而是為了大飽眼福而加入聖騎士團。

尤里西斯知道，他必須去找伊凡．艾路狄，讓那個吸血鬼嘗嘗聖騎士的厲害，如此一來才能祈求太陽之神的寬恕。

尤里西斯擔心貝莉安在那裡吃不飽、穿不暖，還被吸血鬼欺負，在街上買了些易保存的食物、能塗抹在傷口上的藥草和女性的衣物。途經書店時，他的目光被一本放在玻璃櫥窗的小說吸引。

他被書名吸引，不自覺地走進書店，一踏進門，立刻在最顯眼的架子上，看到一整排同樣的小說。書名叫《蓋布倫斯家的祕事》，這是一本描述吸血鬼與貴族女子相戀的羅曼史小說。

尤里西斯原本只想隨意翻一下，卻越看越認真。

故事男主角是一名吸血鬼家族的當家主，他隱瞞身分來到了一個貴族舉辦的假面舞會，與女主角相識並墜入愛河，吸血鬼男主角溫柔紳士，對女主角用情至深。為了不傷害女主角，男主角多次隱忍吸血的欲望，在對女主的憐愛與渴望咬對方的欲望之間徘徊。最後女主角不忍男主角痛苦，主動寬衣解帶，露出了白皙的脖頸，邀請男主角吸吮她的脖子。

這一段寫得香豔刺激，男主角緊摟著女主角嬌弱的身軀，先是舔舐對方的脖頸，修長的手在女主身上愛撫，最後狠狠一咬，讓女主角疼得在男主懷中連連嬌吟。

「……」尤里西斯一直以為被吸血鬼咬就像被狗咬到一樣，哪知吸個血也能搞得如此情趣。

「這本賣得很好喔。」一名書店店員看尤里西斯在這裡駐足許久，忍不住出聲推薦。「這個作者出了很多部關於吸血鬼的小說，每本都很暢銷呢。」

「作者還有其他作品？」尤里西斯皺起眉頭，在店員的指引下來到一個書櫃前，上面滿滿都是該作者的小說作品，全都是吸血鬼與人類女子談戀愛的故事。

「這些都是出版社發行的，」店員見尤里西斯看得如此認真，壓低嗓音對他說道：「其實作者也有個人出版一些小說……內容更為禁忌，屬於小眾愛好……如果你有興趣，可以去這裡。」

店員迅速將一個信封塞到尤里西斯手裡，對他使了個眼色，隨後就回頭去做自己的事了。

尤里西斯感到莫名其妙，他走出了書店，攤開信紙，上面只寫了一小行字，以及一個地址。

——獻給喜歡禁忌戀情的你，歡迎來到貓頭鷹書店。

貓頭鷹書店？

尤里西斯作為一個維持王城風紀的聖騎士，敏銳地察覺到這間書店不太尋常，肯定有賣一些不能在市面流通的禁書，要是有黑魔法相關的書籍就不妙了，他決定改天去看看。

他將信紙摺好塞入口袋，定睛看向前方的奧斯曼森林。

尤里西斯帶著行囊，背對人類城市，毅然決然地走入奧斯曼森林。孤獨的影子被夕陽拉長，白霧逐漸吞噬他的身軀。

在奧斯曼建國時，初代國王曾跟當時的吸血鬼簽訂和平協議，奧斯曼森林屬於吸血鬼的地盤，其餘領土屬於奧斯曼王族的地盤。兩邊地盤的人民嚴禁往來。

然而時代變遷，人類看到森林有滿地野菇瓜果與到處跑的獵物，嘴饞得不得了，開始闖入森林偷採野果蔬菜、盜獵動物。吸血鬼也看上人類城市的繁華，時不時跑到城鎮玩樂，將幾個順眼的人類拐回家做血奴。數百年來，吸血鬼跟人類都在默默侵略彼此的領地，你偷我的松茸，我偷你的小孩，產生過數不清的衝突。王族又何嘗不想解決這些吸血住民，可他們就是太過強大，只能讓王族一再告誡民眾不要去森林。

森林是吸血鬼的地盤，由於吸血鬼畏光的關係，白天都沉寂在宅邸中，但只要到了晚上，奧斯曼森林就會澈底變成吸血鬼的「狩獵場」。白霧瀰漫的森林裡充斥著各式各樣的野獸咆哮聲，蝙蝠、烏鴉之類的動物在森林上方盤旋，對著底下的人類發出嘲弄般的嘎嘎聲。

運氣好一點的人類頂多失蹤，運氣不好的人就是渾身浴血，陳屍在森林裡。

照聖騎士的流程來看，如果他要討伐吸血鬼，必須寫一份報告呈交，讓神殿的人評估可能性，得到允准後才能帶聖騎士團和其他聖職人員一起進去。

但尤里西斯不打算這麼做，他騎上愛馬，隻身闖入森林裡，身上只帶了一把制式配劍，他深入森林東邊，照著印象來到了上次與伊凡相遇的地方。

艾路狄家的領地肯定就在這裡，不然伊凡不會主動在他面前現身。

隨著時間過去，夕陽逐漸沒入平地，黑暗前仆後繼地吞噬森林，發出野獸般的咆哮聲，吐出讓人伸手不見五指的薄霧，尤里西斯注意到周遭的樹正在緩慢移動，本應沒有的路竟然多了一條出來。

他的警覺性告訴他絕對不能走那條路。

可如果要見到吸血鬼，就得往最危險的方向走。

尤里西斯深吸一口氣，一手放到劍柄上，謹慎地一步步往前走。

樹林間有很多蝙蝠倒掛在樹上盯著他，那一雙雙眼睛讓尤里西斯有種被盯上的感覺。他曾聽說有些高等黑夜種族會訓練動物作為使役，這些蝙蝠肯定也是吸血鬼的爪牙。

白霧掩蓋了他的退路，蝙蝠們在黑暗的樹林中發出嘲弄的吱吱聲，尤里西斯沒有使用聖光驅散這些蝙蝠，他深入其中，最後聽到一聲輕笑。

「居然敢一個人闖入吸血鬼的領地，該說你是輕敵還是謹慎呢？」

聽到這個幽幽的調侃聲，尤里西斯策馬停下腳步。

「伊凡・艾路狄。」他一聽到這個帶點虛浮感的嗓音，就知道是誰。伊凡的聲音總給人一種沒吃飯的感覺，充滿磁性卻有氣無力。

吸血鬼的聲音迴盪在森林中，白霧迷惑了尤里西斯的方向感。

為表現誠意，尤里西斯從馬上跳下來，握緊劍柄，繃緊了神經說道：「我是來跟你談談的。」

「談什麼？聖騎士居然想跟吸血鬼好好溝通？」伊凡坐在粗厚的樹幹上，對原作主角的提議很感興趣。

「我已經知道是貝莉安自己決定搬去你的領地了，你沒有為難她。可以的話，我想進領地探望貝莉安。」

聽到這個要求，伊凡皺起眉頭。

說實話，他是相信尤里西斯的為人。《吸血鬼帝王》是部後宮小說，主角尤里西斯卻是這部故事裡最老實正經的男人，他鋤強扶弱，絕不占女性的便宜，是個沒有心機的老好人。在故事中，有許多女角為尤里西斯的紳士態度著迷。他被各色美女環繞，卻始終沒有選擇任何一人，一路努力守住自己的貞操保持單身。

想到這裡，伊凡覺得有些遺憾，他上輩子死得太早，離世時《吸血鬼帝王》尚未完結，沒有機會看到結局。他很想知道尤里西斯最後選了誰，是公主殿下？還是神殿的聖女？這兩人是人氣最高的兩位女主角，也跟尤里西斯關係最為要好。

可不論如何，尤里西斯的感情史暫且跟他無關，他現在是艾路狄家的代理領主，照理來說不該放一個聖騎士進去。

「你是聖騎士，我怎麼知道你進了我的領地會不會危害我的家人？」伊凡語帶笑意地反問，他知道尤里西斯是個就事論事的人，但還是想刁難他一下。

「我不會，武器可以交給你保管。」

「但你會聖光術，再說你們騎士最會打架了，萬一你衝到我的領地，傷害我的家人和其他吸血鬼領民該怎麼辦？」

「我以太陽之神的名義向你發誓，只要讓我看到貝莉安平安，我不會動手傷害領地裡的任何一人。」換句話說，貝莉安要是有一點小擦傷，他就可以動手。吸血鬼不是人，他也可以動手。尤里西斯祈禱伊凡沒有聽出話中的漏洞。

「還是不行。」

「為什麼？還是說你不敢讓我看貝莉安？」尤里西斯裝出威嚇的態度質問。

「人類想進入吸血鬼的領地，只有一種辦法。」伊凡從樹幹上跳下來，輕盈地落在尤里西斯身前。

他學著母親的樣子，擺出一副高傲的姿態，嘴角微微上揚，對尤里西斯露出一個刻薄的微笑。

「只有血奴才能進出我艾路狄家的領地。你想去看貝莉安，就得跟她一樣成為我的血奴。」

「你……！」果不其然，這番話讓尤里西斯勃然大怒。

伊凡知道尤里西斯恨透他們這群吸血鬼，對聖騎士來說，被吸血鬼咬是種恥辱，更不用說變成血奴。他就是想讓尤里西斯知難而退，要是他把聖騎士帶回領地，吸血鬼女王一定會把他宰了。

可伊凡沒想到的是，尤里西斯竟然認真考慮起這件事。

確實，方才聽到要當伊凡的血奴，尤里西斯心頭湧上一股怒火，可下一秒他的腦海中便浮現那些亂七八糟的小說劇情。

他想到吸血鬼男主角將女主角牢牢鎖在懷中，用舌頭愛撫女主的肌膚，手掌輕撫女主的後背，並在女主角的耳畔低喃，輕輕落下一吻。

吸血鬼進食都是咬脖子的，也就是說，如果他成為伊凡的血奴，伊凡就會咬他脖子。

這一瞬間，尤里西斯把自己代入小說中的女主角，伊凡代入吸血鬼男主角。

若這樣一個纖弱俊美的青年抱住他，舔舐他的肌膚，親吻他的脖頸……

想到那個畫面，尤里西斯感覺有一股熱度往下腹集結，但他是個有專業素養的聖騎士，他抑制住狂亂的心跳，一本正經地問：「所以你要咬我脖子嗎？」

「嗯？」聽到他的問題，伊凡也愣了。他以為尤里西斯會拔劍砍他。「可……可能會？總之我會攝取你的血液，吸血鬼的尖牙戳入肉體可是很痛的。」

說實話他也沒嘗試過，但尤里西斯都問了，他總不能說自己沒咬過人吧。

「但據說你們的口腔會分泌一種麻醉體液，咬的當下很痛，但很快就會感到一股酥麻。」尤里西斯根據小說中的內容說道。

「是、是有這種說法。」伊凡強裝鎮定，這他還真的不知道，「你確定要為了你妹妹做出這種犧牲？」

尤里西斯認認真真地看著他。

「只要我露出脖子給你咬，就能算是你的血奴了吧？」

「嗯？」

「那你咬吧，等你吃飽了，就帶我進領地。」

「嗯嗯？」

尤里西斯解開前三顆襯衫鈕子，將衣領拉向一邊，露出結實的胸膛以及曲線誘人的鎖骨，月光將尤里西斯的肌膚襯得更加細緻白皙，也給聖騎士帶來一絲不容侵犯的禁欲感。

吸血鬼呆滯在原地，他盯著尤里西斯坦露的肌膚，那副任君採摘的姿態讓他耳根一陣發熱。

「我咬人可是很痛的！」

「我平時常跟魔物交戰，對疼痛早就習以為常。」

「你一個聖騎士就這樣被吸血鬼咬，不會感到屈辱嗎？」

「只要能見到貝莉安，這點屈辱算不了什麼。」

「你如果被吸血鬼的毒液麻痺到全身動彈不得，我就把你帶回領地，監禁起來！把你咬得坑坑疤疤！」

尤里西斯脣角微微上揚，「你放心，我擅長治癒術，不會發生這種事。」

他做出沉痛的神情，擺出一副毅然選擇犧牲的神聖模樣，對吸血鬼說道：「為了我妹妹，我甘願犧牲。快咬吧，我們速戰速決，我想盡快見到貝莉安。」

「……」

吸血鬼的耳根微微泛紅，下意識地別開目光。明明把尤里西斯逼到這個地步的人是他，他卻覺得羞赧無比，恨不得鑽地洞逃走。

可他是吸血鬼領主，要是他逃跑，吸血鬼女王會把他宰了。為了艾路狄家的顏面，伊凡知道自己該狠狠咬下去。

可這……這怎麼咬啊？他從沒咬過人，萬一咬到骨頭怎麼辦？

「你以為吸血鬼是見人就咬嗎？會不會太瞧不起我們了？我艾路狄家，挑選血奴的標準可是很高的，首先——」

「我有吃早餐。」

「……你有吃肉跟菜嗎？」

「三明治夾火腿跟生菜。」

「今天有運動嗎？」

「我每天都有練劍。」

聽到這裡，伊凡沉吟一聲，覺得這個人有些棘手。他的表情像是如臨大敵，可是很快就發現了轉機。

伊凡露出奸詐的笑容，一副勝利者的姿態開口：「昨晚有睡飽嗎？」

「……沒有。」

昨晚他們在育幼院打架，尤里西斯為了收拾善後根本沒睡。

「那你就沒資格成為我的血奴。」伊凡驕傲地宣布勝利。

「……」尤里西斯沉默一下，語氣埋著一絲不易察覺的哀怨：「那為什麼貝莉安可以？」

伊凡覺得這個人有點怪，這種問法就好像尤里西斯很想被他咬似的。

「貝莉安當然也還不夠格，她正在領地調養身子。」要一個不常運動的人突然每天跑一公里、伏地挺身五十下是不可能的，伊凡估計貝莉安至少要練一個月才能達到這個要求。

「那我欠你一次，你先讓我進去看貝莉安。日後我調養好身子再給你咬。」

伊凡心想，他低估了尤里西斯的決心。說實話，他原本也打算讓貝莉安回王城跟尤里西斯好好道別後再走，只是計畫被睡過頭打亂了。

仔細想想，現在伊若娜幾乎都待在宅邸，父親萊特也鮮少出門，專心陪著妻子。他偷帶一個人混進人類村莊，應該不會被發現，身為領主，帶人類進出人類村莊是很合理的事，托姆看到也不會說什麼。

如果他對尤里西斯釋出善意，尤里西斯應該也會在聖騎士團幫他們艾路狄家多說好話。

伊凡仔細評估後，擺出一副高冷的表情，他想學阿德曼那種與生俱來的傲慢，但是學得有點不像樣：「人類，你欠我一個人情。」

「我會讓你咬的。」尤里西斯將釦子重新扣好。

「不用，你可以用其他方式償還。」

伊凡解開自己的黑色領結，朝尤里西斯招了招手。

尤里西斯狐疑地走到他面前。

「我得蒙住你的眼睛，可不能讓你記住通往吸血鬼領地的路。」

尤里西斯點點頭，他盯著伊凡鬆開的領口和露出來的纖細脖頸，任憑吸血鬼用黑色領結蒙住他的眼睛。

眼前視線一片漆黑，但尤里西斯是個身經百戰的騎士，就算看不見，他也有自信應對魔物。他的右手握緊劍柄，另一隻手卻落入了一個冰冷的掌心。

尤里西斯愣了愣，這才意識到自己的手被吸血鬼牽了起來。

「跟著我。」吸血鬼平靜而磁性的嗓音傳入耳畔。

尤里西斯一手握住愛馬的牽繩，一手牽著吸血鬼，他大概是第一個跟吸血鬼牽手的聖騎士，尤里西斯能感覺到伊凡冰冷的肌膚、修長的手指。吸血鬼的手比他想像中還要纖細。

他回握住那隻手，指腹輕輕滑過吸血鬼的手指，摸到了尖銳的指甲。吸血鬼的指甲沒有想像中銳利，大概就像貓爪一般。但凡指腹觸及之處，皆一片光滑細膩，沒有任何薄繭，是一個貴族子弟的手。

「怎麼？」伊凡猶豫一番，有些疑惑地開口：「你是討厭被我牽著走嗎？不然你的手怎麼這麼不安分？」

他從剛剛就想說了，這個聖騎士一直有意無意地摩娑他的手，帶著薄繭的指腹輕輕滑過他的指尖與手背，這樣就算了，居然還摳他的掌心，這讓伊凡感覺癢癢的，他從未被人這麼對待過。

「沒有。」尤里西斯一本正經地回應，「我只是覺得你的手很冰冷，跟死人一樣。」

「你的手倒是很熱，快把我燙傷了。」伊凡語帶笑意地調侃回去。

尤里西斯感覺就像有隻羽毛撫過他的心臟，撩得他心癢無比，「你對血奴都這樣子嗎？」

「不，你是特別的。」

尤里西斯的心臟猛然一跳。

「還有你妹妹。當時我叫貝莉安牽著我的手，不然她一不注意就會迷失在白霧裡。」伊凡解釋：「所有的吸血鬼領地附近都有濃霧覆蓋，你要是在森林其他地方見到白霧不要走進去，否則會成為吸血鬼的獵物。」

尤里西斯平靜下來，悶悶地應了一聲。

在眼睛被蒙住的情況下，尤里西斯的其他感官更加敏銳，他隱約聞到伊凡身上散發出一股淡淡的香氣，聞起來有點像松樹，卻又帶著一絲不同於木質香味的輕甜，令人魂牽夢縈。

尤里西斯一直以為吸血鬼身上充滿了血腥味，可伊凡完全打破了他的刻板印象。

「身體好一點了嗎？」

「嗯？」

「那天，你暈過去了。」

「……」

想到兩人的初次見面，伊凡連連咳嗽幾聲，「已經好多了，這不是一個聖騎士該擔心的事。」

「抱你回去的吸血鬼說你貧血又營養不良，你是不是身體很虛弱？」

「你不要聽他亂說話，我身體好得很，還能跟你們聖騎士長打得平分秋色。」說是這麼說，但尤里西斯不相信。

「我跟不少吸血鬼打過，你是我見過最瘦的。」過往跟尤里西斯起衝突的吸血鬼不是像阿德曼這樣擁有健美的身材，就是像蓋布爾當家主那樣看似顯瘦，實則結實。

尤里西斯感覺到吸血鬼掐了他一下，尖銳的指甲戳在他的掌心上，讓尤里西斯又痛又心癢。

「你話很多。」伊凡哼一聲，不想理他了。

尤里西斯嘴角微微上揚，他壓抑著內心不該有的悸動，與吸血鬼一同消失在白霧中。

艾路狄領地的人類十分遵守日出而作，日落而息的規矩，待尤里西斯踏入艾路狄村莊時，人們已經準備休息了。若不是親眼所見，尤里西斯難以相信在森林裡會有這般遼闊的田野與莊園。

「這就是我艾路狄家的領地。」伊凡放開尤里西斯的手，帶著他走在田野間的小路上，天上的彎月與星辰高掛在黑夜鋪成的絨布上，為吸血鬼跟聖騎士帶來一絲微光。

尤里西斯看見遠方的人類村莊閃爍著溫暖的黃光，這些建築雖然簡樸但各個結實堅固，居民還在家門前種了許多花花草草，家家戶戶也都亮著燈火。

若不是吸血鬼領主就在旁邊，尤里西斯難以相信這裡是吸血鬼的領地。賈克森曾跟他說過，那些被吸血鬼綁架的人類都被關在不見天日的地牢裡，過著豬狗不如的日子。可這座供人類居住的村莊應有盡有，從儲放小麥的糧倉到延長食物保存期限的地窖都有，還有將小麥磨成粉的磨坊、飼養家畜的牧場，村莊共用的倉庫放滿了毛皮、蔬果、處理過的燻肉醃魚和各式作物，還有從王城進貨的加工產品。

尤里西斯開始理解為何被拐走的居民離不開這裡了，住在吸血鬼領地的人類居民吃得比王城的基層居民還好。

伊凡看尤里西斯東張西望不停打量的樣子，在一旁解釋：「村莊的食物可供任何居民取用。這裡的村長每天都會檢查糧倉庫存是否足夠，若是農作物不夠，我們會跟外面進貨，若肉類不夠，其他吸血鬼會率領人類去森林打獵。確保血奴夠健康是我們艾路狄家的職責。」

「他們需要繳稅嗎？」

「這裡的稅金就是血液，維持高品質的血液是他們的使命。我們會每天跟不同的血奴收取定量的血液，定期捐血對他們的身體有益處，我們也能喝到更健康的血液。」

稅金是……血液？

尤里西斯感覺自己的價值觀逐漸崩壞。

「我母親對飲食的要求可是很高的，不夠健康的血液她一口也不喝。」

「你母親是……吸血鬼女王嗎？」尤里西斯有些遲疑地問。

之所以被稱為吸血鬼女王，是因為伊若娜是奧斯曼森林最強的吸血鬼，傳說她冰冷無情，高傲得猶如一朵渾身帶刺的玫瑰，任何接近她的人都會被傷得鮮血淋漓。數百年來，神殿派了不少聖騎士跟她交手，連聖女也親自出馬，可全都敗給吸血鬼女王。

這也是為什麼國王對親弟弟的失蹤愛莫能助，吸血鬼女王太過強大，連聖騎士都被擊退，那些皇家騎士更不可能。

「當然，我媽媽是艾路狄家族的家主。」

「那萊特・奧斯曼……」尤里西斯不敢想像一個手無寸鐵的人類王子被吸血鬼女王看上會是怎樣的下場。

「是我媽媽的愛人、丈夫，最疼我的爸爸。所以你最好注意點，要是你敢傷害我，我爸爸不會饒過你。」

聽到伊凡帶點炫耀的語氣，尤里西斯不禁啞然失笑。

這個回答充分顯示了伊凡的家庭氛圍。伊凡曾多次強調自己的姓氏與家族，對父母親的稱呼也不拘謹，看得出來這個家庭的關係很親密。

「我們到了，貝莉安的家在這裡。」伊凡停下腳步，指向一橡自帶庭院的小茅屋。

尤里西斯睜大眼睛，他邁開腳步，越走越快，最後幾乎是用跑的來到貝莉安的新家前，敲了敲門。

「誰啊？」貝莉安毫無警戒心地直接開門。

離家多日，貝莉安的臉色不見憔悴，反而神采奕奕，如今少女穿著方便行動的褲裝，姿態比以前更加俐落清爽，看她這副模樣，尤里西斯感覺一顆懸著的心落到了地面。

「貝莉安……！」他上前緊緊抱住唯一的親人，聲音中滿溢著對她的思念與擔憂。

貝莉安愣了一下，但很快就回過神，聲音也跟著哽咽起來。「哥哥……」

「是哥哥不好，當初沒有先問過妳。」尤里西斯自責地垂下頭，「我以為這樁婚事能讓妳獲得幸福，擅自替妳做了決定。」

「不，是我不好，我應該先跟哥哥商量的。」貝莉安緊緊回抱住他，眼淚不自覺地掉下來。「對不起，讓哥哥擔心了。我不該這麼衝動，一個人跑到森林裡。」

伊凡也不想打擾兄妹倆的短暫相聚，在一旁默默說道：「你們聊，我黎明時再回到這裡。」語畢，他對著貝莉安交代道：「貝莉安，看好妳哥哥，他不是這裡的血奴，到處亂走會給我添麻煩。」

「我知道了，謝謝伊凡哥哥！」貝莉安的神情充滿了感激，她回以伊凡一個燦爛的笑容，連忙拉著尤里西斯進屋。

伊凡長吐一口氣，看向山丘上的艾路狄宅邸。他伸出手，幾隻蝙蝠立刻從屋簷下飛出來，倒掛在他手上。

「看著那個聖騎士，一有動靜立刻通知我。」

蝙蝠們聽話地吱了一聲，振翅飛到貝莉安家的屋簷下。

「這件事交給我吧。」一個身影閃現在伊凡身後，吸血鬼托姆單膝跪在地上，順從地低頭表示，「那可是尤里西斯，未來的聖騎士長。您帶來的人很危險，伊凡少爺。」

伊凡瞄了他一眼，隨意地揮了揮手。

「不必如此擔心，他是貝莉安的哥哥。」這只是表面話，主要是因為他了解尤里西斯的為人。尤里西斯只會攻擊危害人類的魔物，而伊凡已經充分展示了他們對血奴的人道管理。

托姆點點頭，他猶豫一番，有些緊張地開口：「他會把貝莉安帶走嗎？」

說實話，這屬於脫離原作的劇情，伊凡也不確定。就算明早貝莉安說要跟尤里西斯回去，他也不意外。

「他肯定會勸貝莉安回去，沒有一個聖騎士會想把自己的親人寄託在吸血鬼領地。」哪怕他的領地福利再好，尤里西斯也會擔心。

「我知道了。」托姆語帶嚴肅地回應，起身走向貝莉安的家。「我身為這座村莊的管理者，會好好跟他講解我艾路狄領地的美好之處，讓他放心把妹妹託付在這裡。」

「等——」伊凡正想叫他不要去打擾兄妹倆，可才剛開口，托姆已經敲門了。

「……」伊凡決定無視托姆的作死行為。他轉身回到宅邸，讓兩個人類跟吸血鬼自行溝通。

他回到宅邸，先去拜見母親，探望一下弟弟的狀況，父親很高興地告訴他，這幾天帶來的素食血奴很合伊若娜的胃口，這讓伊凡放了心。

伊凡回到書房處理一些文件，在這期間，霍管家又敲門進來，為他端上精緻的甜點，以及一杯盛滿鮮血的酒杯。

「伊凡少爺，您昨天跟薩托奇斯的獨子去王城辦事，又消耗了不少魔力，該喝血了。」

伊凡看都不看一眼，繼續處理他的文件，「蛋糕留下，酒杯收走，我精神很好，不需要喝血。」

「伊凡少爺，」霍管家難得加重了語氣，「您是奧斯曼森林裡身體最孱弱的家族繼承人，長期貧血、缺乏狩獵行為都會造成您的吸血鬼能力退化。最近艾路狄森林裡常有野狼出沒，您——」

「野狼出沒？」伊凡抬起頭，他藍色的眼瞳散發出淡淡的微光，臉色跟著沉下來。

之前他在領地附近發現被野狼襲擊的人類，順手救了一把。那時，他以為狼群只是來這附近覓食，可如果……這些狼出現得很頻繁，就有問題了。

霍管家點點頭：「上個星期，我們的貿易車隊也差點遭到狼群襲擊，好在車上有獵人，才沒釀成憾事。」

伊凡的神色越發陰沉。他看向近在咫尺的酒杯，沉重地吐一口氣，將酒杯舉起，啜了幾口。

「我知道了，你下去吧。」

「是。」

伊凡的目光望向窗外，他希望是自己多慮了。住在這個森林的吸血鬼都知道，森林裡有三種動物不能殺。

蝙蝠、烏鴉，還有就是……狼。

伊凡低頭逼自己專心處理文件，這些本都是由他母親伊若娜處理，但伊若娜正在休產假，這些事自然就落到了作為繼承人的伊凡身上。伊凡從小被伊若娜當成艾路狄家的接班人教育，對這些文件相當熟悉，處理得迅速俐落。

在三大吸血鬼家族中，伊凡是相對文靜的繼承者，他喜歡看書、跟父親一起種植花草，對人類居住的城市也沒什麼興趣，伊凡喜歡接觸大自然，喜歡拂過臉龐的微風、光影斑剝的樹林、雙腳踩到樹葉的聲音，這讓他感覺到自己真切地活著。

雖然是轉生來這個世界的，但伊凡也曾經想過，自己是不是剝奪了原作伊凡的人生。

如果他取代了伊凡，那原本的伊凡又去了哪裡呢？他偶爾會思考這個問題，但既然事情都發生了，他也想代替原作伊凡好好過這個人生，他要保護家人、守護領地，不讓悲劇發生。他並沒有把這裡當成一個單純的書中世界，畢竟他已經在這個世界生活了十九年，對他而言，這裡的角色都是一個個活生生的人。

回過神來，天色已經接近黎明了。伊凡放下筆，準備去村莊把聖騎士趕走。

僕從們連忙替他穿上一件黑色斗篷，將兜帽拉上。

「少爺，今天太陽很大，請您外出務必小心。」

「放心，我很快就回來。」

伊凡踏出大門，他邁開腳步，運用吸血鬼優秀的體能極速移動，不一會兒便來到了村莊。

「嗯⋯⋯果然還是差阿德曼一點。」說是這麼說，但伊凡也很清楚，自己的速度連那些後天吸血鬼也比不上。

伊凡知道自己應該喝血，但是他對吸血有種恐懼，因為在上輩子，伊凡打針過很多次，他不喜歡打針，每一次打針都讓他覺得很疼，看到自己的血被抽出來時，他也覺得很可怕。那麼細的針頭，他都覺得痛了，更何況是吸血鬼的尖牙。

即使吸血鬼的能力會退化也無所謂，他只需要一點點血就可以存活了，跟上輩子一樣，只要在他奄奄一息時，有人願意輸血給他，他就能活下去。

伊凡很慶幸自己是穿書轉生，有這個外掛，就算不如其他吸血鬼，他也有辦法對應——只要劇情沒有脫軌的話。

當他接近村莊時，看到村民們已經聚在一起，不論男女都穿著輕便行動的褲裝，有人拉筋，有人正做些簡單動作熱身。

這些長期生活在艾路狄領地的血奴，各個神采奕奕，不論男女都擁有健康良好的身材和體態，手臂跟大腿也都是結實的肌肉。大伙兒一看到伊凡來了，立刻精神抖擻地向他問好。

伊凡看著這些血奴，唇角泛起一絲淡淡的笑意。

在他看來，能夠像這樣健康、無病痛地站在陽光下，是最幸福的事。他很慶幸自己是艾路狄家族的繼承人，作為一個未來領主，他希望領地的居民都能健健康康地活著。

「怎麼了？」眼看好幾個人類血奴當場愣在原地，伊凡疑惑地問。

「伊、伊凡少爺，您可以再笑一次嗎？」其中一名男性血奴壯著膽子問。

「伊凡少爺笑起來好好看，剛剛那個笑容簡直直擊心臟。」另一名女性血奴摀著心臟說道。

「……」伊凡面無表情地轉過身，裝作沒聽到，他冷漠的態度反而讓血奴們更加心花怒放，伊凡忍著一絲恥意走到貝莉安的家門前，正要敲門之際，門往內打開了。

「伊凡哥哥！」貝莉安站在門後，驚喜地喊了一聲。幾日下來，她已經學會這裡的規矩了，貝莉安一手放在胸口上，鬥志高昂地對代理領主傾身致意：「伊凡哥哥，我要去準備晨跑了。」

「累了就停，不用勉強。」伊凡的語氣冷冷的，說出來的話卻帶著一絲暖意。

「好的。」貝莉安眉開眼笑地頷首，「我現在已經可以跑到八百公尺、伏地挺身二十下了，我很快就能成為一個稱職的艾路狄血奴！」

「……」尤里西斯站在妹妹身後，被這番言論弄得呆滯無語。

「很好，去吧。」伊凡讓開一條路，讓貝莉安加入村民們的晨跑隊伍。

尤里西斯回過神來，用詭異的眼神盯著這群正在熱身的村民。「你們吸血鬼的領地……跟我想像的不太一樣。」

一直以來，尤里西斯都被神殿灌輸被吸血鬼抓走是很可怕的事的概念，畢竟吸血鬼是嗜血的魔物。可經過一個晚上，尤里西斯感覺自己的價值觀被粉碎了。

這些吸血鬼根本不缺糧，數百年來，這些住在奧斯曼森林的吸血鬼早就在領地裡培育了一批血奴，這些血奴在領地裡吃好睡好，還有充足的休假保持身心健康，雖然娛樂是少了點，但日子過得相當安穩，不用擔心下一餐沒著落、冬天沒有足夠的柴火與衣物保暖。

對於追求穩定生活的人來說，沒有比住在吸血鬼領地更好的選擇了。

雖然每天要跑一公里、伏地挺身五十下，但貝莉安似乎心甘情願，尤里西斯也不好說什麼。雖然事實令人難以接受，但他明白自己必須尊重家人的選擇。

「每個吸血鬼領主都有自己的美學。我母親喜歡健康的人類，所以住在這裡的血奴都很注意運動和飲食。」伊凡朝他招了招手，帶他離開這裡。

尤里西斯頻頻回頭，在看到貝莉安跟著村民一起出發晨跑後，他才終於放棄，將目光轉向前方。

「詳情我已經聽貝莉安說了。」

「嗯。」

「是我誤會你了，你救了貝莉安，還給她一個安身之所。」

伊凡很喜歡「救」這個字，在醫院裡，只有那些穿著白色戰袍的人擁有救人的能力，可如今他也擁有「救人的能力」了。

他壓下心頭的小雀躍，故意擺出一副高傲的模樣說道：「你妹妹還年輕，身體也健康，很有作為血奴培育的價值。」

他以為這麼說，尤里西斯會對他皺起眉頭，可想不到，尤里西斯笑了。

「我很慶幸她遇到你。」

不管是這裡的居民還是貝莉安、甚至是吸血鬼托姆，都說這位年輕的小領主是個溫柔的人。明明傳聞中是個冷酷無情的人，可在領地居民眼裡卻截然不同。尤里西斯被這種反差深深吸引。

在兩人走到領地邊界時，伊凡從懷中掏出一個黑色長布。

「尤里，過來。」

尤里？

尤里西斯的心跳被這隨意的稱呼弄得亂了陣腳。大部分人都叫他尤里西斯、副騎士長，只有少部分比較親近的朋友才會喊他尤里。

「你喊人都這麼隨便嗎？」他走上前，裝出一副不高興的樣子。

「隨便？會嗎？」伊凡愣了愣，不覺得自己的稱呼有什麼不對，在前一世裡，讀者們都稱主角為尤里、尤哥或是尤木頭。伊凡沒叫他尤木頭就不錯了。

「不隨便嗎？一般人都稱我為尤里西斯，或是副騎士長。」

「太長了，我不喜歡。反正在我眼裡，你就是尤里。」伊凡隨意找了個藉口。

面對這番任性的話，尤里西斯頓時覺得吸血鬼霸道得有點可愛。

他凝視著吸血鬼，以低柔的嗓音開口：「伊凡。」

他的聲音滿是磁性，就這樣鑽入毫無防備的伊凡耳裡。伊凡的身體微微一僵，頓時不知該如何反應。

就他所知，伊凡．艾路狄是個守規矩的人，且很注重形象，被一個天敵聖騎士這樣直呼名字，伊凡．艾路狄會怎麼想呢？

他認為伊凡應該會皺著眉頭，要他跟其他人一樣喊他少爺，或是斥責他不該這樣直呼一個高貴吸血鬼的名字。

而他也確實看到伊凡皺起眉頭了。

只不過，伊凡的發言出乎他預料。

「你今年幾歲？」

「嗯？」尤里西斯萬萬沒想到伊凡會問他這個問題，他愣了愣，老實地回答：「今年剛滿十八歲……」

「我今年十九歲了。」伊凡抬高下巴，輕輕拍了拍尤里西斯的臉頰，聽似不滿的語氣中帶著一絲小得意：「你比我小，所以應該叫我伊凡哥哥。」

這一拍簡直拍到了尤里西斯的心上。尤里西斯睜圓雙眼，心臟不受控制地怦怦亂跳。

「伊凡……哥哥。」他的嗓音莫名乾澀。

「嗯，很好，很乖。」伊凡嘴角上揚，如沐春風一般的笑顏讓尤里西斯澈底失了神。

「別拍了。」他握住伊凡作亂的手，聲音沙啞地低語。

伊凡感覺尤里西斯的視線有些灼熱，他收回手，輕輕咳了一聲。不知怎麼地，他被這灼人的目光盯得有點不自在，他一把用黑色長布蒙住尤里西斯的雙眼，眼不見為淨。

「我們走吧，你畢竟不是這裡的居民，不能在這裡久留。」伊凡一把牽起尤里西斯的手，帶著他走入迷濛的白霧中。

「我還會再來的。作為一個聖騎士，我得確保你們這些吸血鬼不會傷害人類。」尤里西斯握緊他的手，認真地回應了。

說是這麼說，但尤里西斯又問了一句：「你們會收未婚的貴族女性嗎？」

「貴族女性？」伊凡愣了一下，隨即想到一名角色——佛利多子爵的大女兒卡洛兒，尤里西斯的後宮之一。

他也真是的，只顧著救貝莉安，竟然就忘了後續的劇情。

在原作劇情裡，貝莉安遇害後，尤里西斯大受打擊，整個人幾乎崩潰，某天晚上他在路邊撿到逃家的卡洛兒，並把她帶回家安置。卡洛兒可憐兮兮的樣子讓尤里西斯想起自己的妹妹，悉心照料這名落難的少女，卡洛兒也安撫了尤里西斯受傷的心，兩人在同居期間發生過不少好感度事件，傲嬌又有朝氣的卡洛兒給沉重的劇情帶來不少歡樂，兩人的感情急速升溫，卡洛兒搬回家時，還奪走了尤里西斯的初吻。

伊凡以為尤里西斯挺喜歡卡洛兒的，但現在他有點不確定了，是因為他改變了劇情嗎？

「不管是什麼人，只要能遵守我艾路狄領地的規矩，我們都收。」不論如何，伊凡還是照實說道。

「……」尤里西斯不覺得卡洛兒會願意天天跑一公里，伏地挺身五十下。

「把她帶去神殿不就好了？」

伊凡記得卡洛兒是因為被逼著嫁給其他子爵才離家出走的，但實際上事情根本沒有那麼嚴重，在卡洛兒離家出走後，佛利多子爵便改將小女兒許配給卡洛兒原先的婚約對象，小女兒對這樁婚事挺滿意的，而卡洛兒也因為婚姻危機解除，順利回到家中，繼續過著舒服的貴族小姐的日子，時不時出現在尤里西斯身邊刷存在感。

「神殿會連絡她的家人，若她不想受家族擺布，大可以成為神職人員，將終身奉獻給神。」

「……可她不願去神殿。」

「所以她現在在你家？」伊凡明知故問，語氣還帶著一絲調侃之意。

「……」

瞧他皺著眉頭的樣子，伊凡總算弄清楚前因後果了，如今貝莉安還活著，尤里西斯也不樂意讓對方住在他跟貝莉安曾共同生活的家。伊凡不懂，尤里西斯怎麼就這麼老實，明明不想讓陌生人住自己家，卻還是讓對方住進來。

「若她什麼都不要，你為何不將她趕出去？」

尤里西斯鬱悶不樂，有口難言。他很想說，神殿十天後就要發績效獎金了，他總不能在這時候惹出什麼問題，影響到他的獎金。

「……我是個聖騎士，不能做這種事。」

「因為是騎士，所以面對女性的要求不能拒絕？」伊凡忍不住輕笑一聲，「你怎麼這麼好騙？」

吸血鬼停下腳步，解下蒙住聖騎士眼睛的黑布。

一陣強光驟然闖入尤里西斯的視野，他不太適應地瞇了瞇眼，在朦朧白光中瞧見吸血鬼隱隱上揚的嘴角。

「你知道男人也會被性騷擾嗎？」

「什、什麼？」尤里西斯感到一絲心虛。

「如果性別對調，今天換作是貝莉安在路上撿到一名男性，男的賴在她家不走，還想留下來過夜，你看到會怎麼想？」

「那男的肯定別有所圖，他會被我揍一頓、扔到水溝裡。」尤里西斯毫不猶豫地說。

反派吸血鬼的求生哲學

「那女性就不會別有所圖？」伊凡輕笑著提點，「看你帥、人又好，就這樣賴在你家不走。你們在同一個屋簷下過夜的事要是傳出去了，你不就得娶她了？」

尤里西斯忽然感到一陣惡寒。

「不要傻傻地讓人家占你便宜，不喜歡就拒絕，哪有什麼因為是騎士，所以就得禮讓女性的？除非你也喜歡這樣。」

伊凡從以前就想吐槽了，在原作中，尤里西斯總是十分禮讓女性，因為他覺得這是所謂的「騎士精神」，也因此被占了不少便宜。雖然讀者們總是羨慕尤里西斯豔福很多，但伊凡偶爾會想，換作他遇到這些事，可能不會開心。

他覺得尤里西斯應該要懂得拒絕，而如今他也終於有機會跟本人建議了。

「只要對方的觸碰讓你感到不適，就是性騷擾。不論你是什麼性別、什麼身分，都有權利捍衛你的身體。如果你覺得無法擺平，可以向人求助，這不是什麼可恥的事。不要害怕後果，站在你這邊的人，遠比你想像中來得多。」

這個人可是世界的中心，太陽之神的寵兒，那雙明亮的眼睛本就不該被仇恨蒙蔽，也不該讓任何人折損鋒芒。

這是伊凡內心的真話，他其實很關心這個男主角，畢竟在書中跟他一起經歷了這麼多冒險，還是有幾分感情在。

伊凡不知道聖騎士的個人形象會影響到考績、年終獎金還有績效獎金，他點了點尤里西斯的額頭，微微瞇起眼，帶點調侃意味的笑深深牽引了對方的心。

但下一秒，尤里西斯神色一變，他轉過身，一手將伊凡擋在身後，一手拔劍指向不速之客。凌厲的雙眼讓侵入者瞬間停下腳步。

「怎麼回……」伊凡話說到一半，瞬間沒了聲音。

眼前的不速之客有一對毛絨的耳朵，四腳著地，尾巴高高揚起，是一隻森林野狼。牠的嘴中咬著一封信，伊凡一看到那封信上的蜂蠟，陡然瞪大了眼睛。

「……沒事。」伊凡啞著嗓子，示意尤里西斯收回劍。

他越過尤里西斯，彎身拿走狼口中的那封信，下意識地掐了下掌心。

「這個是……」尤里西斯跟著驚疑不定，他站在伊凡身側，一隻手虛虛地攬住吸血鬼，沒有任何碰觸，卻足以在第一時間保護對方。

伊凡眉頭緊皺，唇色也顯得無力而蒼白，他拆信的手不太俐落，隱約顫抖著。這讓尤里西斯知道肯定不是什麼好事。

他偷瞄了幾眼，內容大致上是邀請伊凡來作客，信件主人的署名是「加雷特・蓋布爾」。

尤里西斯聽過這個名字，他記得這個吸血鬼是蓋布爾家年輕的當家主，家族裡目前只剩他一位吸血鬼。加雷特目中無人的程度不亞於另外兩家貴公子，他可以在大庭廣眾下擄走一位年輕少女，事後全身而退。雖然尤里西斯曾在會議上提議討伐加雷特，當時氣氛熱烈，人人都贊同討伐這隻萬惡的吸血鬼，可事後卻不了了之。

尤里西斯不清楚這三位吸血鬼公子的關係，但憑伊凡的反應，他能猜到這兩隻鬼應該感情不太好。

他聽見伊凡長吁一口氣，示意他收起劍。

「在這裡，別隨便用劍指著狼、烏鴉、蝙蝠，這會被視為對吸血鬼的挑釁。」伊凡將信紙收到懷裡，強撐著微笑對他說道，「我就送你到這裡了，自己回得了家吧？」

尤里西斯神情複雜地點點頭，語帶猶豫地說了一句：「那封信……」

「我們代理家主跟你們人類貴族一樣，有很多社交活動要參加。」說是這麼說，伊凡心底清楚加雷特寄邀請函的原因。加雷特應該已經發現他跑去蓋布爾的領地，拐了一個人類女孩。就算沒被人目擊，肯定也會留下氣味等蛛絲馬跡，沒什麼瞞得了那些鼻子靈敏的狼。

有些吸血鬼很忌諱自己的獵物被奪走，加雷特美其名是邀約伊凡一起晚餐，實際上是要算帳。

伊凡知道按照吸血鬼的規矩，他應該帶上另一位相貌姣好的處子或處女，補償加雷特的損失。

但他不會。

人類或許不清楚，但他們艾路狄家與薩托奇斯家可十分清楚送到那裡的血奴會有怎樣的下場。

伊凡知道這段晚餐可能不怎麼好過，但他必須赴約，雖然他也不喜歡加雷特，但維持表面和平是必要的。

「需要我陪你——」尤里西斯不假思索地脫口而出，說到一半自己愣了一下。

他在說什麼呢？他可是聖騎士，不該參與吸血鬼的社交活動。

伊凡瞄了他一眼，意味深長地回應：「還不是時候。」

加雷特是尤里西斯的宿敵，遲早會見面。可現在的尤里西斯沒有能力對抗加雷特，隨便起個衝突就會被加雷特玩死。

可他的意思卻讓尤里西斯誤會了，尤里西斯以為，伊凡是在暗指他還不夠資格，他必須做個稱職的好血奴……或是其他更親密的關係，才有理由被伊凡帶去參加聚會。

他們倆現在的交情只是聖騎士與吸血鬼，除此之外什麼也不是。

想到此，尤里西斯的神色黯淡下來。

「我知道了。」他將劍收回劍鞘，頷首點頭示意。「那我先走一步，貝莉安就拜託你了。」

伊凡嗯了一聲，頭也不回地轉身走進迷霧裡。

此刻伊凡滿腦子都是加雷特的事，內心感到越發沉重。

果然還是逃不了嗎？

在原作裡，伊凡被加雷特嫁禍成殺死貝莉安的凶手，因而遭到尤里西斯率聖騎士團攻占領地。如今他更改了劇情，雖然貝莉安沒死，但加雷特肯定也會想其他辦法除掉艾路狄家的。

不論是薩托奇斯家還是艾路狄家，都是加雷特的絆腳石。想要成為奧斯曼森林唯一的主人，這兩個家族就必須亡。

但加雷特可不是莽夫，他從不親自動手。

加雷特身邊的人或鬼，他們的死因都很詭異，有人像遭遇了一場不幸的災難，也有人像咎由自取。相較之下，加雷特就像一個被命運玩弄的可憐人，一直在經歷這些生離死別。

他家財萬貫、俊美而紳士，散發著一股憂鬱的氣質，一個人獨自住在偌大的豪宅。這樣的加雷特在讀者間有一個稱呼——藍鬍子。

在故事連載到尤里西斯對付加雷特時，讀者們也在熱切討論如何才能澈底擊敗藍鬍子，想要制伏藍鬍子，光憑蠻力是行不通的。加雷特有一個特殊能力，明明是一個聽起來不怎樣的能力，卻幾乎顛覆了整個奧斯曼王國。

面對如此熱烈的討論，作者只留下一個提示——

「唯有失去一切或是變成瘋子，才能打敗加雷特。」

在故事後期，尤里西斯從一個萬人追捧的英雄變成人人喊打的狗熊，幾乎失去了一切才終於得以跟加雷特抗衡。那段虐心劇情讓伊凡印象深刻。

伊凡知道目前的自己沒辦法打敗加雷特，但好在他是個穿越者，已經提前看過藍鬍子那扇見不得人的門扉裡藏著怎樣的祕密。他唯一能做的，就是裝做什麼也不知道，踏入藍鬍子的城堡。

他回到宅邸，命令僕從們以參加貴族晚宴的規格，將他精心打理一番。霍管家看到他們的少爺難得專注在裝扮上，感動得痛哭流涕，還特地前來詢問原因。

「少爺，您打算去參加王城貴族的晚宴嗎？怎麼不早告訴我呢？我幫您準備馬車，還有——」

「我要去見加雷特。」

聽到這番話，在一旁替他梳妝打扮的僕從們手一抖，包含霍管家在內的所有人都鴉雀無聲。

唯有伊凡像個沒事人一般，他皺著眉，鬆開了胸前的藍色領結。「我不喜歡，換一個。」

人類僕從連忙應允，一邊接下蝴蝶結一邊小心翼翼地看向他，「少爺……蓋布爾家不是與我們家族……」

「交惡，我知道。我本身就是原因。」伊凡審視著鏡子中的自己，看到僕從換上一條純白色的領結，滿意地點點頭。

「請不要這樣說，少爺。」霍管家深吸一口氣，語帶厭惡地駁斥：「是他們家觀念有問題。」

「即使如此，表面的和平還是必要的。加雷特邀請我吃晚餐，我身為一個半人類若拒絕，就是在羞辱他。」

「您是擁有高貴血脈的吸血鬼，少爺。」另一個人類僕從忿忿不平地低語，他們家少爺擁有的那一半人類血脈可是王族血脈。

「好了，你們神色別這麼凝重，我只是去跟他聊聊天敘敘舊而已。」伊凡微微一笑，心情頓時感到輕鬆不少。

雖是這麼說，但霍管家已經推測出原因了，他瞄了一眼旁邊的人類僕從們，語重心長地開口：「少爺，您要拿什麼交換呢？」

他們這些吸血鬼家族有個不成文的規定，想要別人的血奴，就必須拿自己的血奴交換。

在加雷特看來，伊凡是搶了蓋布爾家的血奴，想跟對方和解，只能拿出同等價值的血奴賠償。

「交換什麼？我就是狩獵技術比他好，他看上的東西，我搶先一步狩獵到罷了。他自己技不如人，還要怪我搶了他的獵物？」伊凡發出不屑的笑聲，模仿阿德曼會有的回應。「別擔心這些有的沒的，幫我準備最好的馬車。」

「……是。」霍管家微微傾身致意，神色還是有些擔憂。

整裝好後，伊凡命令僕從退下，一個人待在房間，盯著鏡子裡的自己。

幸虧他是吸血鬼，生來皮膚就白，不然所有人都能看出此刻他的臉色有多慘白。

雖然來到這個世界已過十九年，但他依舊不太習慣作為一個吸血鬼活著。不管是這種吸血鬼的說話方式，還是那種吸血鬼獨有的傲慢。

「……尤里。」伊凡目光空洞地喃喃：「我能期待你會做出不同選擇嗎？」

他的手放在已然停止跳動的心臟上，皺起眉頭，又想起原作伊凡的結局。

一絲不該有的鈍痛從心臟蔓延開來，伊凡深吸一口氣，嘴角泛起一絲帶著無奈的苦笑，搖了搖頭。

他只是這個世界的反派，主角不對他兵戎相見就不錯了，怎麼能奢望尤里西斯會幫他呢？

◆

尤里西斯回到王城，他走在街上，神情若有所思。

親自來回一趟吸血鬼領地，他總算了解，他所認知的吸血鬼不過是冰山一角，這些長壽的怪物除了某些價值觀不同，基本上跟人類沒兩樣。

也或許是種族不同，尤里西斯覺得伊凡很特別。即使已經踏出森林，他仍舊感到心在悸動。雖然伊凡是土生土長的吸血鬼，但有時候，尤里西斯覺得伊凡很像他們人類。

與伊凡相處時，尤里西斯感覺自己像是碰觸到一團光。在不經意的情況下，他能看到伊凡的眸中漾著溫柔，除此之外，伊凡對周遭的人沒有半點輕蔑與歧視，還提出連尤里西斯也不曾想過的思路。

尤里西斯覺得，自己好像活在一個框架裡。而伊凡的言語化為實錘，將他的框架敲出了一道裂痕。如果沒有這道裂痕，他永遠不會知道框架的存在。

但凡是人都會想要自由，他想要粉碎這個框架，看看框架外的世界。他也隱約明白，若是只肯活在框架中，他便無法與那團光拉近距離。

尤里西斯握緊拳頭，神情染上幾絲堅毅。

如今心愛的貝莉安沒事，再也沒有什麼事能威脅到他了。就算年終獎金會少一半，尤里西斯也不怕。

「你終於回來了！」那位被他撿回來的貴族少女，一看到他回家，急忙湊上來，既驚喜又惱怒地搶在他之前開口，「你到底去哪裡買東西了？不是說晚上就會回來嗎！你知道我一個人待在家有多怕嗎？怎麼不——」

「這裡不是妳的家。」

尤里西斯一句話便掐斷卡洛兒的滔滔不絕。

貴族少女呆滯了一瞬，懷疑自己聽錯。

「妳已經借住兩晚，夠久了。這是我跟我妹妹的家，不是妳的旅館。」

「你怎麼這樣說——」

尤里西斯面無表情地攤開一隻手掌，「給妳五分鐘，趕緊收拾一下行李，這個家不歡迎妳，妳該走了。」

「你到底在說什麼？你是想讓我流浪在街頭嗎？」卡洛兒憤怒地掐住尤里西斯的雙臂，「要是我被吸血鬼抓走，你對得起自己的職責嗎？」

「放心，以妳的條件，吸血鬼看不上妳的。」

「什——你說什麼！」卡洛兒被這番話驚得臉頰脹紅，以凶狠的語氣逼問：「你是在嫌我醜嗎？我只是因為當初急著逃走，沒把那些保養品和化妝箱一起帶出來罷了！真正的我美貌可是不輸公主殿下的！」

跟公主打過幾次交道的尤里西斯：「……」

就他所知，公主的居所每天都有人送禮送花，生日時房間裡的禮物更是多到快擺不下。說她是王國之花一點也不為過。

尤里西斯早就看過王國之花的素顏了，只能說花就是花，就算沒有化妝也依然美如畫。相比之下卡洛兒就像一朵清新的小雛菊。雖然各有各的美，但人們第一眼還是會放在如太陽般閃耀的公主殿下身上。

尤里西斯咳了一聲，一本正經地表示：「現在的吸血鬼早就不憑外貌挑人了，妳沒有吃早餐、沒有吃素，就算哭求吸血鬼收留妳，他們也不會要的。」

「……」

卡洛兒的神情詭異，她的眼神彷彿在無聲地懷疑尤里西斯的靈魂被替換了。

相反地，尤里西斯覺得這種能做自己的感覺很好，忍不住在心裡微笑。

「你……你……怎麼可以說話這麼狠毒？我以為——」

「所以妳不肯配合是嗎？」

「什麼？」

「如果妳不肯走，我就要以性騷擾的罪名叫王城守衛過來。」

「開什麼玩笑！我可是子爵家族的長女！再說我哪裡性騷擾你了？你堂堂一個大男人怎麼可能被我一個弱女子性騷擾！妄想也要有限度！怎麼看都是我被騷擾吧！我什麼都沒做，你就要以莫須有的罪名控訴我！算什麼男人！」

尤里西斯的眼神越發漠然，看得卡洛兒莫名心頭一慌。

「那改另一種罪名，」尤里西斯的聲音冷峻得彷彿看到了怪物，那銳利的神色讓貴族少女再也說不出話來。「我以非法侵入民宅的罪名逮捕妳。」

◆

王城守備處傳來哭天喊地的喧鬧聲，周遭的居民議論紛紛，每個人都懷疑自己眼花了，他們的下一任聖騎士長，尤里西斯在熙攘往來的大街上拖著一名嬌弱的少女，不顧少女的哭喊將她拉到了王城守備處。

這件事把守備區所有長官都驚動過來了，能讓尤里西斯親自押送過來的罪犯肯定不是什麼簡單的角色，可他們看到一名哭得梨花帶雨的少女，聽完尤里西斯的控訴後，所有人都目瞪口呆。

「你怎麼可以這樣對待一個需要幫助的女孩子！我無家可歸、身上也沒帶錢，你就收留我幾晚不行嗎！」

「那妳應該去向神殿或守衛求助，而不是找我。」

聽到這番話，王城守衛們紛紛回過神了，守衛們嘖嘖稱奇地看著尤里西斯。

「這清心寡欲的等級簡直可以稱上傳奇了，真是不簡單。」

「你傻啊，他這是在保護自己。這位小姐可是貴族出身，要是她指控尤里西斯染指她，就算是聖騎士也不得不揹這個鍋啊，他先一步把人送過來，才可以證明自己的清白。」

尤里西斯維持著凝重的表情，身上散發出凜然不可侵犯的氣勢。在守衛們的安撫下，卡洛兒這才哭哭啼啼地自報姓氏，還嚷嚷著要爸爸來接她。

尤里西斯不知道自己親手斬斷了一條後宮路線，更不知道這個舉動會接連摧毀好幾個本來會有的桃花，他轉身離去，回到家收拾行囊，把家裡打掃乾淨，最後將大門重重鎖上，提著單人皮箱回到了太陽神殿。

此時他逮捕未婚貴族少女的事蹟已經傳到神殿，神職人員們看到他來，紛紛讓開一條路，沒人敢上前跟未來的聖騎士長搭話。尤里西斯就這樣順利地來到不開放外人進入的區域，在前往宿舍途中，他聽到一聲溫柔如水的叫喚。

「尤里西斯？」

尤里西斯回過頭，原先緊繃的神色頓時和緩下來。

喚他的人是一名少女，少女身著貼身的白色神職長裙與一雙素色涼鞋，奶白金的長髮在陽光下閃閃發光，淺綠色的眼睛漾著慈愛與溫柔，容貌說是國色天香也不為過，令人一看就移不開雙眼。那聖潔的氣質與美貌無愧王國聖女之名，使眾多信徒為她瘋狂。

「聖女大人。」尤里西斯一手放在胸前，禮貌地傾身問候。

「不必多禮。」聖女抱著一束百合花，在他面前展露出柔和的笑意，「你我不是那麼生疏的關係。」

「艾蕾妮，」尤里西斯立刻改口，望向那束在她胸前綻放的雪白百合。「又有人送東西來了？」

雖說聖女必須保持單身，不可婚嫁，但也僅限於就任期間。很多愛慕聖女的信徒會使出渾身解數，想辦法在聖女卸任前博取聖女青睞。

「這不是給我的，過兩天就是祈福日了，王族裡有虔誠的教徒派人送花來妝點神殿。」艾蕾妮捧著胸前的百合花束，笑意盈盈地說：「布置大廳的神職人員說用不到這麼多百合，所以我就拿一些過來了，想說可以妝點房間。」

尤里西斯點點頭，祈福日是太陽神殿每個月的重點活動之一，屆時身為神殿發言人的艾蕾妮必須出席活動，帶領一眾信徒向太陽神祈禱。

「你呢？關於你妹妹的事，我很遺憾……不過——我感覺她還活著。」艾蕾妮垂下眼簾，狀似自言自語地喃喃：「因為這個世界……不，沒事，當我沒說，總之不必擔心，貝莉安會沒事的。」

「我知道。」尤里西斯點點頭，神情中帶著對貝莉安的信任與肯定。「她很堅強，我也相信她會沒事。」

雖然不是所有聖女都能跟太陽之神有所連繫，但這一任聖女似乎真有那麼一點神力，在尤里西斯當年參加聖騎士選拔時，已經被選為聖女的艾蕾妮就主動跟他打招呼，還稱呼他為未來的聖騎士長。

那時他還是一介普通平民而已。

「尤里，你聽過光之劍嗎？」

「有聽過，但不是很清楚。」尤里西斯說，「據說是吸血鬼一族的聖物，目前被供奉在奧斯曼森林中。」

「是的，據說這把劍是對付吸血鬼的利器。」艾蕾妮頷首，放輕了音量回答。「如果你妹妹被囚禁在吸血鬼領地，或許光之劍能幫到你。但是那些覬覦吸血鬼寶物的人，都會慘遭殺害，所以至今沒有人成功拿到光之劍過。」

「……」尤里西斯沉默一下，道：「既然那是人家的聖物，我們就不該去動它。」

艾蕾妮愣了愣，似乎沒想到尤里西斯會這樣回答。

「既然貝莉安不願嫁人，我也尊重她的選擇。」尤里西斯不打算再多談這件事，把話題轉回妹妹身上。「現在她已經離開了，我打算搬到神殿住。」

為了杜絕不必要的騷擾，尤里西斯決定搬到聖騎士的專屬宿舍，這裡的宿舍嚴格禁止異性進入，員工餐廳菜色也不錯，餐餐有菜有肉還免費，非常符合尤里西斯的需求。

就在此時，其他神職人員正巧一邊討論公事，一邊經過這條走廊，看到其他人來，艾蕾妮立刻後退一步，對尤里西斯頷首示意。

「如果有我能幫上忙的，請跟我說。」

簡單丟下一句話後，艾蕾妮急匆匆地抱著百合花離開了，聖女雖是神殿的發言代表，但私底下必須嚴守很多規定，譬如和異性保持距離。像這樣在沒有女性神職人員的陪伴下獨自行動，或是單獨與異性聊天，都是不被允許的。

也因如此，聖女在許多男性信徒眼中是有如女神般的存在，聖女每二十年選拔一次，所有參與聖女選拔的女孩必須未滿十二歲，且尚未迎來月事。在被選為聖女後就必須與原生家庭斷絕關係，進入神殿接受教育培養。

她們擁有豐富的神學知識，上知天文下知地理，對性事卻純潔得如一張白紙。因為神殿高層說性是汙穢的，所以聖女就任期間不可以接觸任何與性有關的事。

但聖女以外的神職人員都可以結婚或自由戀愛，這件事讓尤里西斯感到十分不解。

不過那不是他能處理的事，再加上他們聖騎士自己也有許多規定，若就任期間他們發生任何名譽受損的事，就必須辭職以示負責，他們的對外形象會直接影響到薪水，甚至職業生涯，所以大部分的聖騎士都很潔身自愛——至少表面上是如此。

「尤里！你終於搬過來了！」尤里西斯的脖頸被人一勾，他的好友兼未來的副騎士長從背後撲到他身上。「不用說，哥都懂！需要什麼就跟我說，就算你要十個女人也給你找來！」

尤里西斯沉默一會兒，一把將人推開，狠狠拒絕了伙伴的關愛：「很熱，滾開。」

丹尼斯後退好幾步，露出晴天霹靂的樣子，「啊？十個女人也不行？那十個好兄弟可以嗎？今晚要喝酒嗎？還是——」

「都不要。」尤里西斯黑著臉拒絕。

什麼聖騎士禁欲禁酒都是騙人的。他們就是個普通社畜，穿著白色騎士服就是上班模式，自然得做做樣子，可私下就不同了。

在這個閒人禁止進入的聖騎士宿舍裡，徹夜通宵喝酒、在走廊上只穿一條內褲都是常有的事。騎士們私下聊的也都是些沒營養的垃圾話。

也因如此，尤里西斯剛入職沒多久就幻滅了，他承認這些男人是養眼，但也只有這點可取。像伊凡那種氣質高雅、品行高尚的紳士才是他的理想型。

「我今天只想休息，丹尼斯。」尤里西斯推開一直沒使用過的宿舍房間，他正要關門，又忽然停下動作。「你聽過哪個吸血鬼會使役狼嗎？」

「嗯？」丹尼斯愣了下，摸不著頭腦地回答：「這我不太清楚，但狼群主要在森林西方出沒，或許那裡的吸血鬼會養個幾隻？」

「西方……蓋布爾家嗎？」尤里西斯在貝莉安失蹤後有仔細研究過吸血鬼的勢力分布，他記得森林西方是蓋布爾家的領地，東方才是伊凡家，兩家中間隔著一個薩托奇斯家。

這樣看來，原本貝莉安應該會成為蓋布爾家或是狼群的獵物，但被伊凡搶先了。之後伊凡又收到了蓋布爾家的邀請函，從伊凡的反應來看，肯定不是件好事。

尤里西斯有點擔心，他想找機會再去看看伊凡，但丹尼斯已經提起他的行李，歡快地號召其他騎士幫忙尤里西斯整頓宿舍房間。

尤里西斯盛情難卻，只能跟上腳步，他凝望遠方，頭一次為吸血鬼祈禱。

◆

兩隻黑色駿馬在霧氣環繞的林地上發出噠噠的馬蹄聲，一輛精緻的馬車行駛在幽暗的森林間，連車夫也穿得宛若貴族般正式。

一名醉醺醺的戰士扛著斧頭走在森林大聲唱歌壯膽，他剛剛才在酒友面前放話說吸血鬼根本沒什麼好怕的，為了證明這點，戰士大搖大擺地走進森林。

然而當他聽到馬蹄聲時，整個人都石化了。

在奧斯曼王國，流傳著許多鬼故事，而且那些鬼故事的鬼十之八九都是吸血鬼。其中一個故事就是吸血鬼會在夜深的森林裡搭乘貴族專用的馬車。

那些搭乘精緻馬車的吸血鬼各個來頭不小，若是被他們撞見，就再也回不了人類領地了。

方才還在吹噓自己能用斧頭砍下吸血鬼頭顱的戰士立刻躲進草叢裡，瑟瑟發抖地盯著行駛而過的馬車。

而馬車的主人根本沒空理會窗外的景色，他閉目沉思，仔細思考對付加雷特的辦法。

他沒有帶任何血奴過來，這並不符合吸血鬼禮儀，但伊凡是不會讓步的，不合禮儀又怎樣，他是艾路狄家的繼承人，同樣也是加雷特惹不起的對象。

馬車緩緩駛進蓋布爾的領地，來到一座古老陰森的莊園前。

伊凡在馬伕的攙扶下走下馬車，蓋布爾家的僕人們看他來到，急匆匆地去通知他們的主人。月亮隱沒在深沉的烏雲中，現場刮著陣陣寒風，隱隱約約還能聽見屋裡傳來微弱的啜泣聲，無數雙眼睛透過窗戶與門縫盯著他，宛若關在牢籠裡的受虐動物們。

伊凡皺著眉頭，每當這種時候，身為人類的記憶就像一團火在體內熊熊燃燒，在那個隨時都是戰場的白色病院裡，有多少人為健康耗盡多少血淚，也有多少醫療人員寧可犧牲健康也要拯救他人。

而這一切在蓋布爾家族的眼裡像個笑話。

伊凡不是聖人，他只是不想讓那些人的努力都成為笑話。

伊凡深吸一口氣，踏著優雅而沉穩的步伐，來到蓋布爾家族的大門前，在那裡，加雷特早已站在門口等候。

加雷特生得俊美斯文，他有一頭褐色頭髮、蒼白的肌膚、深邃的紅色眼瞳，就像個溫柔又深情的紳士，穿著最像傳統吸血鬼的黑色披風和與之搭配的貴族服飾。

「好久不見，伊凡。」加雷特牽起伊凡的手，在他手背上輕輕印下一吻。「幾年沒見了，你過得好嗎？」

「很好。」伊凡不著痕跡地收回手，招呼幾個僕人將準備好的禮物搬進來。「空手而來不太禮貌，我帶了點小禮物，請裁縫師挑了幾件時下最流行的禮服，希望你會喜歡。」

「伊凡，你真是太貼心了。這麼多年了，你還記得我喜歡參與王城貴族的宴會。」

加雷特重新抓住伊凡的手，牽著他來到餐廳。吸血鬼笑盈盈地，聲音也溫柔有禮，但在場沒一個僕人敢正眼看他。

伊凡在蓋布爾家僕為他拉開的椅子上坐下，他跟加雷特相隔一個長桌，這是一個安全的距離，但伊凡知道，以加雷特的速度，要在一瞬間抓到他是再簡單不過的事。

「我聽說你的豐功偉業嘍，伊凡，這個月你抓了兩個血奴。真是稀奇，我們的艾路狄少爺居然會對人類有興趣。」加雷特搖著醒度剛好的紅酒，垂眸看著酒杯中的倒影。

「艾路狄家注重血奴的品質，那兩位血奴資質極佳，只需稍稍鍛鍊便可成為美味的珍饈。」伊凡解釋。

「挺勤快的嘛？以前看你對領主的工作興致缺缺的，伊若娜夫人目前身體微恙，應該需要滿多營養吧？需要我借幾個血奴嗎？」

「……」看著他狀似關懷的模樣，伊凡放在餐桌底下的手握緊拳頭。「不用了。」

侍從們畢恭畢敬地端上佳餚，還斟了兩杯血紅色的飲料。

一杯色澤深紅，宛若玉石般低調而雅致。另一杯色澤鮮紅，宛若寶石般鮮豔奪目。

而長桌的對面，一名吸血鬼對他投以炙熱的目光。

這是一個致命的選擇。紅酒代表人類，鮮血代表吸血鬼。鮮血對吸血鬼而言一直都是最美味的食物，酒才是其次。如果他先喝紅酒，就代表他的飲食習慣比較接近人類。反之……想取得加雷特的認同，伊凡只能先喝盛血的那杯。

放在大腿上的手用指甲掐了一下自己，突來的痛覺幫助伊凡凝聚注意力，他拿起盛血的酒杯，面不改色地啜了一口。

「……你們蓋布爾家的品味還是老樣子。」伊凡抿了抿脣，強忍著反胃感吞下去。

果不其然，加雷特滿意地瞇起眼。

「偶爾該換換口味。你們家的血奴品質也不錯，就是少了番風味。」

伊凡知道他所謂的「風味」是什麼，蓋布爾家總認為未經開苞的處子處女流出來的血液才是陰間美味。而處子之身的人類究竟要怎麼取得，伊凡想到此便對這個人充滿反感，但他不能形於言色，若是神色有異，便會中了加雷特的計。

「伊凡，我們認識時間也不算短了，你應該也很清楚我的喜好。」加雷特晃了晃酒杯，一道不含笑意的目光落在伊凡身上。「我不像阿德曼那般慷慨，可以大方跟人分享我的獵物。」

伊凡微微一笑，厚著臉皮回應：「我不知道你在說什麼。」

「尤里西斯，你知道他吧？奧斯曼的大英雄，他有個妹妹，前陣子跑到我的領地。」加雷特也不想跟他廢話，直接開門見山地說，「我很想知道那個大英雄珍愛的家人有多美味，但當我親自去狩獵時，那個獵物卻消失了。」

「我很遺憾，但在初代家主們簽訂的合約裡，並沒有明確規定獵物的歸屬權。」

在奧斯曼王國建立之前，他們的祖先就劃分好領地，獵物歸屬的部分規劃得清清楚楚。有許多地方是三個家族共享的。

「你會因為路過你家門前的小鹿跑到鄰居家被打死，就怪鄰居搶了獵物嗎？那隻小鹿並不是你飼養的，只是恰好路過你家而已。」

「即便如此，那也曾經是我的獵物。」

「那不是你的獵物，誰先打到獵物，獵物就是誰的。」

「這個鄰居可是跑到我的院子打死獵物，你覺得錯在誰身上？」加雷特保持著一貫微笑反問。

「鹿沒有踏入你家院子，只是經過你家而已。」伊凡不甘示弱地駁回。

「你怎麼能確定鹿沒有踏進我家院子？這個鄰居也有可能在說謊，鹿的腳印可是鮮明地留在我家院子的地上了。」

「那牠在你家院子留下腳印的時候，你怎麼不趁機打死牠？」伊凡知道自己在狡辯，他只是仗著穿書者的身分提前堵到了貝莉安。「再說了，我記得我是不費吹灰之力把鹿拐走的，現場卻留下疑似我的狩獵痕跡，我看我那鄰居也想證明獵物是我的。」

兩人的目光隱隱竄著火花，誰也不肯退讓。站在周遭的僕人們紛紛將頭垂得更低，大氣都不敢喘一下。

「不要忘了你的身分，伊凡。」加雷特壓低了嗓音。

──不要忘了你只是個半吸血鬼。

「我當然不會忘了身為艾路狄未來家主的身分。」伊凡說到家主時，刻意加重了語氣。「我認為，蓋布爾家的家主應該也不會為了區區一頭鹿跟其他家族鬧翻。」

他刻意加深了笑容，拚命抑制心底的恐懼。他可是快怕死了，眼前這位可是反派吸血鬼的最終魔王！

若加雷特有心想現在殺了他，他是逃不了的。伊凡知道自己跟加雷特的實力差距，所以他也沒打算澈底惹火加雷特。

「──我只是覺得，何必為了一頭鹿傷了和氣呢？奧斯曼王國應該有更值得下手的獵物。」他話鋒巧妙地一轉，果不其然看見加雷特挑起一邊眉尾。

「那個叫尤里西斯的聖騎士有點礙眼。」伊凡垂下眼簾，裝出一副若有所思的樣子。「不論我提出什麼條件，他都不為所動。」

周休二日、工時固定、免加班、免費供應三餐與生活所需物資，還有免費醫療，一年有三天可以安排返鄉旅遊，行程費用可跟領主報銷。只要是勞工階級，不可能不被這般條件吸引，他們艾路狄家可是對這點相當自豪。面對這般福利的工作環境，誘拐人類手到擒來。

「能被我艾路狄家看上是一種榮幸，他不但不懂，還口出惡言，真是個囂張的人類。」伊凡使勁瞎說，一副真有其事的樣子：「他居然還覬覦光之劍……我看他是活膩了。」

伊凡希望自己的神色看起來夠冰冷。

光之劍是艾路狄家、薩托奇斯家、蓋布爾家共同守護的聖物。傳說太陽之神與月之神是靈魂伴侶，而光之劍便是太陽神贈予月神之物，這把劍能照亮黑暗，也是斬殺黑夜魔物的利器。月神將其交給吸血鬼守護。

光之劍目前被供奉在奧斯曼森林深處的隱密神殿裡，由三大吸血鬼家族共同管理。守護者每一百年會輪換一次，目前輪到艾路狄家族看管，不過伊凡的母親伊若娜對光之劍很反感，到現在一次也沒去看過光之劍。

伊凡當初看到光之劍的設定時，也很納悶月神為何要把一個殺吸血鬼的利器交給吸血鬼管理，他猜想光之劍純粹是為了給主角開外掛而寫的。

「那個聖騎士八成還是處子，其肉體也處於巔峰狀態。比起他的妹妹，你不覺得他看起來更美味嗎？」伊凡毫無罪惡感地出賣尤里西斯。「若我得到他，便會將他借給你玩玩，等你玩膩了再還給我，如何？」

伊凡並不擔心尤里西斯，因為尤里西斯可是這個世界的「主角」，反派撞上主角只有死路一條。

「你確定能得到他？」

「他妹妹現在在我手上，不敢輕舉妄動的。」伊凡勾起邪惡的笑容。

加雷特沉默了一會兒，最後露出一個詭異的微笑，「那就這麼說定了。」

他一手搭在伊凡肩上，在他耳邊輕聲說道：「畢竟那傢伙只是個人類……要是連區區一個人類都打不贏，簡直有辱吸血鬼之名……你說是吧？」

伊凡感覺到本該死寂的心臟狂烈跳動。

心底那一絲不安與恐懼在心底瘋狂蔓延，占據他的腦海、揪住他的心臟。

「我相信你做得到的，要是你失敗了，乾脆獻身陪我一晚吧，我很好奇你的血液滋味呢。」

儘管百般不願，伊凡仍止不住地顫抖起來。這副模樣被加雷特盡收眼底。

——強化情緒。

這就是加雷特的特殊能力，他能將周遭人的情緒瞬間放大幾十倍。若是正面情緒倒還好，若是負面情緒，被搞到瞬間崩潰也不無可能。

儘管伊凡在加雷特面前極力隱藏真實情緒，但當加雷特湊到他耳邊輕聲細語時，他的心底還是有了一絲恐懼。

如今這份恐懼蔓延到他全身，連帶著恐慌與緊張也一起被放大。

他感覺有點呼吸不穩，胃裡翻江倒海，彷彿下一秒就要吐出來。可儘管如此，伊凡仍努力讓嘴角上揚。

「你放心，不會發生這種事的。」他甚至不敢再跟加雷特討價還價，也不敢對上眼睛。伊凡深吸一口氣，緩緩挪開他的手。

「一言為定，我還有領地事務要處理，先走了。」此刻他只想趕緊逃跑，不論做什麼都可以，只要能讓他離開這個鬼地方就好。

他假裝沒看到加雷特意味深長的目光，狀似瀟灑地離開。

伊凡強忍著恐懼，直到上了馬車，這才終於釋放恐懼。

「咳咳……」

儘管他用手帕遮住嘴巴，方才喝的血水仍止不住地全吐了出來。他盡力壓低嘔吐的聲音，雙眸泛淚，不敢再想剛才發生的事。

加雷特這個吸血鬼，論戰鬥能力比不上阿德曼，論魔法能力比不上伊凡，偏偏就靠著這個外掛打遍天下無敵手。只要敵方有一絲負面情緒，他可以將情緒瞬間放大數十倍，讓對手露出破綻。

這招還是該死的範圍技，也因此蓋布爾家的僕人們都特別怕加雷特，他們早已被折磨到失去了自我，只剩下畏懼。

「該死的反派……」伊凡一邊咳一邊辱罵加雷特，把他能想到的詞彙都罵了一遍，這才漸漸減少恐懼。

他心有餘悸地看向仍在微微顫抖的指尖，深深嘆了口氣。

他終究還是太嫩了，被加雷特勾動了情緒。

「這下該怎麼辦啊？」他現在很後悔當時沒繼續跟加雷特討價還價。這下好了，捉不到尤里西斯他就得交出自己。

Chapter.7 被冷落的光之劍

「我要見你們的代理領主。」

「伊凡少爺目前身體微恙，這幾天不便見客。」

尤里西斯站在艾路狄家的宅邸前，愣愣地看著管家準備關門送客。

他好不容易找藉口出來辦公，在領地附近迷路了許久，恰好碰到出來貿易的居民才成功進入領地，現在卻又被擋在門外。

「等等，我是他的專屬血奴。」尤里西斯趕緊按住門扉。「如果他身體不舒服，我才更該守在他身邊，讓他獲取營養。」

霍管家動搖了，但他思慮一番，最後還是選擇站在伊凡這邊。

「少爺他……特地交代別讓任何人來打擾他。」霍管家說道，「此外，少爺目前不缺營養，請回去吧。」

「什麼意思？」尤里西斯皺起眉頭。

「少爺昨夜已在蓋布爾家用餐過了。」雖然都吐出來就是了，想到蓋布爾家糟糕的品味，霍管家感到有些心疼。他們家少爺可是極其挑食的，卻為了應酬吃壞了肚子。

看著霍管家難掩憂愁的表情，尤里西斯知道這場會面肯定不太順利，那麼挑食的吸血鬼，連自家血奴的血液都接受不了了，哪可能會接受其他家族的血奴血液？

他深思一番，艱難地開口詢問：「你們吸血鬼……會不會因為因為看上同個人類大打出手？」

雖然伊凡沒說，但他隱隱約約察覺到兩個家主聚餐多半是為了這件事。小說裡常出現兩個吸血鬼爭奪主角的場景，該不會這件事也發生在貝莉安身上？

不對，伊凡不可能喜歡貝莉安的，他不能喜歡貝莉安。

尤里西斯在心中喃喃，此時霍管家也回答了。

「這不是肯定嗎？好吃的東西，有的人可以跟其他人分享，但更多的是想獨占的人。」霍管家也知道尤里西斯想問什麼，但根據他對伊凡的了解，這種事不太可能發生。「但少爺不是這種人，少爺凡事都以領地為優先，不會因為私情跟人大打出手。」

說完，他又補上幾句：「但你也不用擔心，少爺相當保護領地的居民，不會把你妹妹送去那種地方。」

「哪種地方？」

霍管家直接轉移話題：「總之，你請回吧，少爺若需要您，會再派人傳喚的。」

尤里西斯收回了手，默默看著霍管家將他拒絕在外。他反覆思考霍管家說的話，雖然有很多話想問，但沒見到本人都是白搭。

雖然人人都說蓋布爾家是對人類最友善的吸血鬼家族，但數年前，尤里西斯曾參與過一個駭人的案件——

一名懷孕的年輕人類女性狼狽地從森林裡逃出來，她的身上滿是被暴力對待的痕跡，身上有好幾個亂七八糟的咬痕。女子向駐守城牆的守衛求助，被送到神殿治療，雖然得到了保護，但最後卻因難產而亡。

而生出來的那個孩子是個雙目通紅的畸形胎，其恐怖的外貌至今仍讓尤里西斯記憶猶新。

這件事因太過駭人沒有公開，神殿也持續在調查孩子的親父身分，女子當時精神失常，也未能透露太多線索。

直到死前的最後一刻，女子仍不斷哭求某人的原諒。

當時尤里西斯仍是個初出茅廬的少年，他戰無不勝，內心充滿抱負，直到他看見那名女子。

當時他剛執行完任務，經過病房，透過病房的小窗看到女子捧著肚子對臉盆狂吐，她的臉上鼻青臉腫的，看起來十分悽慘，他想要進去關心，卻發現病房上鎖了。

「不要靠近她，那女人受到詛咒了。」賈克森拉住他的手臂，語氣滿是忌諱。

「可是她看起來很需要幫助，老師。」

「你幫不了她。打從她懷上吸血鬼的孩子時，就已經沒救了。」

尤里西斯一方面感到驚駭，一方面又於心不忍，艱難地問道：「我們真的不能做什麼嗎？把那個吸血鬼抓出來打一頓也好。」

「森林裡那麼多吸血鬼，誰知道是哪一個？讓她在這裡接受保護已經很好了，總比讓她流落到民間，被居民當成魔女燒死來得好。」

尤里西斯被拖走之前，與那位婦女對視了一眼。他永遠忘不了對方無助的眼神。那個胎兒出生沒多久後也失去了氣息，最後在神職人員的「超渡」下化為灰燼。這件事雖然沒對外公開，卻一直深藏在尤里西斯的心底。

如果貝莉安受到這種遭遇，我可能會殺了所有吸血鬼。尤里西斯心想。

好在她遇到的是伊凡。

尤里西斯頭一次感到如此無力，明明是萬人矚目的英雄，他能做的卻很少。

尤里西斯打算過幾天再來找伊凡，他走到領地邊緣，踏入迷霧之中，陽光穿透迷霧，在森林中落下幾道斑駁的影子。

冥冥之中，尤里西斯的眼角餘光看到一個黑色的物體從空中掠過。那形體長著翅膀，照理來說不該在白天出現。

偶然的發現讓尤里西斯心臟一跳，他目光緊盯著蝙蝠，以靈敏的身手在森林間穿梭，最終在蝙蝠的引導下，來到一棵沐浴在陽光下的大樹前。

只見一名俊美纖弱的吸血鬼躺在樹蔭下睡得酣甜。他身著單薄的襯衫與寬鬆的長褲，露出白皙的鎖骨、赤裸的腳丫，斑駁的光影在吸血鬼身上輕輕搖曳，卻沒讓他感到任何不適。微風拂過他灰白的髮絲，為不該屬於陽光下的他帶來一絲愜意。

尤里西斯像是著了魔，仔細地瞧著吸血鬼，一刻也移不開目光。

他就像落入凡塵的精靈，不管身上流著怎樣的血液，都無法掩蓋他空靈的氣質。尤里西斯無從思考為何會在這裡遇到伊凡，吸血鬼總是出乎他的意料。

尤里西斯小心翼翼地挪動腳步，來到伊凡身旁，在他身邊緩緩坐下。

幾隻蝙蝠躲在樹蔭下，緊緊縮著身子，深怕太陽照到自己。牠們對這個地方很不滿意，可儘管如此仍沒離開。

尤里西斯捨不得驚擾伊凡，也不願讓伊凡一人待在這裡。這副模樣太過毫無防備，森林裡有像伊凡這般善良的吸血鬼，也有暴力嗜血的吸血鬼。

他只能像這樣默默守在身邊，等待吸血鬼從沉眠中甦醒。

◆

伊凡緩緩睜開雙眼，站在既熟悉又陌生的長廊上。

白色的長廊無盡延伸，耳邊傳來醫護人員分秒必爭的呼喊聲、病人的哀鳴聲，還有心電圖的雜音、救護車的聲音……

他漫無目的地走向長廊盡頭，最終來到手術室大門前。

「[redacted]，準備好了嗎？」他的主治醫生用溫和的語氣在他身後問道。

「嗯。」伊凡用稚嫩的嗓音回答。「但是叔叔，我還是很害怕。」

他怕痛，也怕再也醒不過來。

「不要怕，」主治醫生摸摸他的頭，蹲下身子，眉目溫和地看向年幼的伊凡。「你是被上天選中的主角，既勇敢而堅強。現在壞蛋跑到了你的身體裡，你要努力打敗他。不用擔心，叔叔跟你爸爸媽媽、醫院裡的哥哥姊姊都會跟你一同對抗壞蛋，你不是一個人。」

年幼的伊凡想了想，嘴角上揚了。

「嗯，我們一定會打敗他的。」

他向來喜歡勇者鬥魔王、英雄打敗反派的故事，因為書裡的主角們都很勇敢，他們會遇到很多困難，但最後都會打敗反派，為世界帶來和平。

白光逐漸籠罩整個世界，伊凡闔上眼睛，心中滿溢著堅定。

待他再度睜開眼時，斑駁的樹影落入眼簾，鼻腔傳來淡淡的青草氣味。

伊凡打了個呵欠，舒服地翻個身，隨即看到一個不該出現在這裡的白色身影。

伊凡的雙目陡然一睜，猛然從地上坐起，結結巴巴地瞪向不該出現在這裡的聖騎士。「你、你怎麼在這裡？」

蓋在他身上的白色制服外套滑落，外套的主人瞄了他一眼，露出一副處變不驚的樣子。

「我在森林裡迷路了，」尤里西斯端出早就找好的藉口，「想請你帶我出去。」

「……你能迷路到這裡來也挺厲害的。」伊凡聽到這個答案，頓時備感無奈，他下意識地將制服外套緊捉在胸前，他在尤里西斯面前向來都是正裝打扮，突然被尤里西斯撞見私下的模樣，讓他感到有些羞赧。

「怎麼不叫醒我？」

「你看起來很累，讓你多睡一會兒。」尤里西斯目光灼灼地盯著他揪緊外套的手。「昨晚用餐還愉快嗎？」

「嗯，還行，就是飯菜不合胃口。」伊凡發出一聲哼笑，臉上再無一絲畏懼。

一覺醒來，他覺得精神好多了，也想通了。比起上輩子經歷過的手術與化療，加雷特帶來的恐懼根本不值一提。那種恐懼不過是一時的，就像看了場恐怖電影一樣。

他以為靠那種能力就能操弄人心嗎？伊凡覺得那個鬼挺可悲的。

「我能做什麼嗎？」

聽見尤里西斯略顯焦急的語氣，伊凡疑惑地凝視對方，不太懂尤里西斯為何這麼說。

「我知道不是所有吸血鬼跟你一樣。」對人類如此友善，也無害人之心。「要是貝莉安遇到的是其他吸血鬼，可能不會有好下場。」

伊凡覺得這個主角似乎比他想像中來得敏銳，也或許是他這個反派當得不太好。

「我只想知道，有什麼是我可以為你做的。」

伊凡這下懂了，聖騎士想還他人情。他很想說，只要你代替我去蓋布爾家當一陣子的血奴就沒問題了，但說出來應該會被打。

可是加雷特是《吸血鬼帝王》的大反派，尤里西斯是這部作品的主角，兩人肯定會對上的。

伊凡思索，他就不能把千百章的劇情快轉到兩個月演完嗎？他實在很厭煩這個大反派。

如果他把光之劍交給尤里西斯，再把尤里西斯以獵物之名送進蓋布爾家，讓他用光之劍大鬧一番，說不定就能把加雷特砍死了？

雖然伊凡覺得原作者看到如此簡略的劇情發展可能會吐血，但管他的，他又不是寫小說的，哪需要給故事帶來高潮迭起。

但他不確定殺了加雷特會不會讓尤里西斯失去一切，加雷特就像一棵大樹，一旦連根拔起，可能會動搖國家根基。雖然人類畏懼吸血鬼，但他們吸血鬼早已融入人類社會之中・那些市面流通的吸血鬼小說也全非杜撰，只有少數人知道這件事。

倘若能在前期就拿下加雷特，尤里西斯可以少失去很多東西。

「既然你都這麼說了，我想請你幫我拿一件東西。」

「什麼東西？」

「光之劍。」伊凡瞇眼欣賞尤里西斯驚愕的表情，他大概是第一個把光之劍交給聖騎士的吸血鬼。「光之劍是我們吸血鬼的聖物，目前是由艾路狄家保管，但我們也不敢碰這東西，任何吸血鬼碰到它都會灰飛湮滅。」

這就是大多數吸血鬼對光之劍感到厭惡的原因，明明是月神親手交予吸血鬼的寶物，他們吸血鬼碰了卻會痛苦得如同被太陽灼燒，終至灰飛湮滅。

更討厭的是，這把劍似乎有自我意識，它會直接把討厭的人堵在門口不讓進去，它喜歡的人也只能遠處瞻仰，放點供品取悅它。

「我想把它拿出來晒晒太陽，又不好直接碰它。」

「它為什麼要晒太陽？」尤里西斯匪夷所思地反問。

「光之劍要求的。」伊凡無奈地說。這把破劍平時無聊就喜歡提出各式各樣的要求，但是不聽也罷，它也不能做什麼，只是會製造一些奇怪的現象騷擾他們。

譬如出門會發現路邊的落葉被掃成一行字，放在書上的鵝毛筆會自己動，湖中的魚會排成愛心形狀，這都是過往管理者遇過的事。它的要求也很無聊，一下要看書、一下要供奉、一下嫌待的房間太髒、一下又嫌上一個來放供品的吸血鬼不順眼。總之就是毛病很多。

伊若娜每次都厭惡地一腳踢散落葉、把光之劍的訊息揉成一團廢紙丟掉。到現在還沒經過更換管理者的儀式，所以只有伊若娜遇到這些事。

前陣子，伊若娜抱怨光之劍想出來呼吸新鮮空氣，想當然也不被當一回事。誰愛劍誰賤，難不成這把破玩意兒還能自己飛出來，把所有吸血鬼都斬了？能理它就很不錯了。

於是乎，一把被人類信奉為傳說神劍的寶物就這麼被吸血鬼當成擺飾，放在角落生灰，只有幾任好心的管理者會理理它。

在《吸血鬼帝王》裡，第一次見到人類的光之劍對身為聖騎士的尤里西斯尤為喜愛，死心塌地跟著他。它為尤里西斯剷除了艾路狄家，成為尤里西斯的金手指。

反正尤里西斯遲早都會跟加雷特會面，伊凡乾脆先把光之劍給他，還能賣賣人情。他承認自己是有點恃寵而驕，若光之劍被尤里西斯拿走，他只要撒點小謊，母親就會原諒他了，因為伊若娜討厭那東西，失去了也不痛不癢。

他也慶幸加雷特沒有察覺他的謊言，他其實一點也不在意光之劍被誰覬覦，那灼人的東西，誰愛就誰拿去，不要拿來砍艾路狄家就好。

「你確定要把這件事交給我做？」尤里西斯慎重地確認。

「嗯，我只信任你。」伊凡裝出一副全心信任的表情。

他身為讀者，已經陪尤里西斯經歷過各式各樣的冒險，他明白他重情重義的個性，也理解他的痛苦。雖然他對這種正派主角無感，但還是對尤里西斯有點感情的。畢竟這個主角嘔心瀝血才打贏壞蛋，伊凡也想像他一樣勇敢，但他最終還是被壞蛋占據身子，被迫跟所有伙伴道別。

「我不會辜負你的。」

聽見聖騎士宛若誓言的回應，伊凡忍俊不禁，嘴角微微上揚。

「你何時有空？」

「現在有空。」

「你們聖騎士不是很忙嗎？」

「我正在值外勤。」

好傢伙，值外勤還陪他坐在這裡發呆，根本在偷懶。

伊凡看著一本正經的聖騎士，忽然覺得尤里西斯似乎沒他想像中那麼勤勞踏實。

「那你等我一下，我先回家……呃，換個衣服。」

看到聖騎士挑起一邊眉尾，伊凡覺得自己需要解釋一下：「我偶爾心情不好時會像這樣穿著舒適的衣服出來走走散心。別跟霍管家說我穿這樣出門，他會念我的。」

伊凡站起身，猶豫不決地盯著手中的外套，他該把衣服還給人家，但總覺得穿著睡衣面對外人有些不妥。

「先穿著吧，萬一回程遇到熟人，好歹能說自己有穿個外套。」

所幸聖騎士看出了他的窘迫，輕描淡寫地將外套讓出去。

伊凡噗哧一笑，就這樣瀟灑地將雪白制服外套披在身上，吸血鬼掠奪人類的東西乃天經地義，他不需要道謝。

蝙蝠們看他移駕，頓時如獲大赦，紛紛散了開來。其中一隻還親切地用翅膀從尤里西斯頭頂掃過。

這一路上，尤里西斯交代了他是如何處置賴在他家的少女，逗得伊凡連連笑出聲。伊凡則告訴他蓋布爾家的飯菜有多難吃。兩人相談甚歡，也繼續聊到光之劍的事。

「光之劍放在月神神殿裡，那個神殿雖然不比你們太陽神殿輝煌，但也是歷史悠久。我們吸血鬼沒你們人類這般迷信，神殿都放著讓其生灰，沒在整理的。月神喜歡安寧、平靜，常常叨擾反而會讓祂厭煩。」

尤里西斯點點頭，表示理解。

「說真的，我們吸血鬼不像你們一樣能切身感受到神的存在，唯一能證明祂存在的證據應該只有光之劍了……」伊凡眺望向遠方，「傳說吸血鬼死亡後會回歸月神的懷抱，但也許是我們離死亡太遙遠了，才感受不到神的存在。」

如果這個世界真的有神，他也希望神能給他一個答案，例如他為何會來到這裡。

虔誠的聖騎士答道：「月神是存在的，祂是太陽之神的靈魂伴侶。在我們的信仰中，太陽神十分疼愛月神，所以親自打造了光之劍送給月神。」

伊凡是不太相信，畢竟在原作中，奧斯曼的吸血鬼幾乎被趕盡殺絕，連月神殿都遭到破壞、被人類洗劫一空。

「如果真的如你所說的那般友好，那我們吸血鬼跟人類的關係也不該這麼差。」

「我們可以從自身做起。」

看著尤里西斯誠摯到發光的眼神，伊凡忍不住笑了。

這什麼主角啊，心思單純、沒有心機，對他人極為紳士體貼，要是有其他鬼對他釋出善意，八成會傻傻地全心信任對方。

「以後你想認識哪個吸血鬼，記得先來找我打聽打聽。」

聞言，尤里西斯皺起眉頭。他正想說些什麼，但兩人已經抵達艾路狄宅邸了。

「在這裡等我一下。」伊凡朝他揮了揮手，下一秒便用吸血鬼極佳的跳躍力一步躍到二樓，落到一處陽臺上。他姿態輕盈，尤里西斯的制服外套在伊凡輕盈落地時仍好好地披在他身上。

伊凡沒有注意到尤里西斯黯淡下來的神色，他哼著歌將那件對他而言太過寬大的外套扯下來，莫名地心情很好。這個外套有陽光晒過的味道，還有淡淡的香氣，是聞起來很美味的氣味。

吸血鬼淡淡一笑，不自覺地露出尖牙，他反胃的感覺沒了，甚至還有點餓。

「得多看著他才行，免得他又被人占便宜了……」吸血鬼碎碎念的聲音消失在長廊上。

◆

伊凡迅速換上屬於貴族少爺應有的體面服飾、戴上黑手套，恨不得再幫自己加個墨鏡。那可是被吸血鬼稱為迷你太陽的光之劍，他覺得自己有八成機率會被閃瞎。

奈何這時代還沒有墨鏡，他只能套一件黑面紅底的斗篷，接著匆匆去找吸血鬼女王。

「你說你要成為光之劍的管理者？」伊若娜持著盛了血的酒杯，悠閒地躺臥在紅絲絨沙發上，興致昂然地瞧著他。「你真的想清楚了？我們家族還要再保管一百八十六年才能把那破劍交給薩托奇斯家喔。」

「可以的，媽媽。」伊凡的表情帶著一絲得意。「我擁有一半人類血脈，跟那把劍處得來的。」

伊若娜很高興能丟掉這個燙手山芋，立刻吩咐僕從她臥室拿來一把鑲著水晶的鑰匙，扔給伊凡。

「好吧，這東西以後就交給你保管了，也不准把這東西丟給你弟弟。」

伊凡將鑰匙收進懷裡，凝視著吸血鬼女王圓鼓鼓的肚子。

「他看到你好像挺高興的，你一來，他連連踢我好幾下。」女王笑著摸了摸肚子。「等這小傢伙出來，你有得忙了。」

伊凡可以想像到弟弟跟在他屁股後面的樣子，這場景讓他覺得十分可愛。

「想好名字了嗎？」

「早就取好了，只是還沒定案罷了。」女王懶洋洋地回，「你爸爸跟我都有中意的名字，目前還沒個結論呢，你要是有喜歡的名字，也可以提提看，反正在出生前都來得及。」

伊凡滿意地點點頭，在《吸血鬼帝王》裡，他的弟弟被眷養在閣樓裡，直到三歲才被人隨便取了個名。可現在弟弟在家人的圍繞下，只要平安出生，就能獲得充滿愛與祝福的名字。

吸血鬼青年的眉眼間泛著溫柔的笑意，他點點頭，斬釘截鐵地對未來的弟弟說道：「像光之劍這種麻煩的東西就交給哥哥吧，哥哥不會讓它傷你一根寒毛的。」

伊凡轉過身，興匆匆地準備去跟聖騎士會合，在房門打開之際，吸血鬼女王的輕喚聲從身後傳來。

「伊凡，小心點，別被那把劍燙到了。」

聽見這故作調侃的語氣，伊凡噗哧一笑，揮了揮手瀟灑地拂袖而去。

他來到宅邸後院，一路上探頭探腦地，生怕別人發現他偷渡了一個聖騎士進來。可當他找到藏在花園深處的尤里西斯時，頓時睜大眼睛。

只見尤里西斯正背對著他與一名男子輕聲細語交談，男子抱著一束剛採收的藥草，眉目溫和，有股從骨子裡透出來的溫文儒雅氣質。

看到這兩人湊在一起，伊凡心臟一跳，以見鬼般的速度轉瞬來到兩人身旁。

「爸爸！」

伊凡一把揪住父親的手臂，慌慌張張地想解釋什麼。照理來說尤里西斯是不能來這裡的，因他身分特殊，又非艾路狄家的血奴，能讓他探望貝莉安就很不錯了，來到領主的宅邸就是放肆了。

「我、我只是有事要拜託——」

「你的血奴，是吧？」他的人類父親萊特微微一笑，溫聲緩解了他的窘迫。「你現在已經是艾路狄家的代理家主了，我不會干涉你的。」

他這樣講，伊凡反而不知該怎麼回應。

「——只不過，」萊特瞄了聖騎士一眼，這一眼讓伊凡又緊張起來。「想不到你們這麼快就和好了，上次你還說要是再看到尤里西斯閣下，會把他撲倒在地上、用力咬他的脖子，讓他連呼救的力氣都沒有。」

伊凡：「……」

尤里西斯：「？」

「你現在貧血好多了吧，伊凡？」

伊凡渾身僵硬地點點頭，低頭猛盯腳邊的野花。

「那就好，好好跟你的血奴相處，伊凡。」萊特拍了拍自家兒子的肩膀，識相地離開了，他看起來一點也不在意尤里西斯出現在這裡。

「好了，我們走吧。」伊凡摸摸鼻子，壓抑住滿心的尷尬，裝作沒事地開口：「我已經跟媽媽交接了——」

「這是真的嗎？」尤里西斯跟上他的腳步，語氣莫名有點咄咄逼人：「艾路狄老爺說的那些話——」

「我要是不那麼說，你早就被宰了！」伊凡惱羞成怒地將制服外套甩到他身上。

「但如果你還貧血，不就是我的責任了嗎？」

「我什麼時候需要你負責了？」伊凡忍住想鑽入地洞的羞恥感，冷哼一聲，「別忘了我年紀比你大，我才不需要一個小弟弟負責。」

「我們才差一歲。」尤里西斯心有不甘地反駁，「而且艾路狄老爺為我把脈過了，他說我的身體很好，可以直接享用，保持健康飲食就好了。」

「你不要聽我爸爸胡言亂語！」

於是乎，前往月神殿的路上，某個吸血鬼全程拉緊著兜帽，死都不肯看身側的聖騎士一眼。好在聖騎士並不介意，他緊跟在吸血鬼身旁，時不時打量還在賭氣的吸血鬼，嘴角微微上揚。

在夕陽逐漸將森林染成一片赤紅時，尤里西斯開口問道：「還有多久抵達目的地？」

「快了，就在這附近。」說實話，伊凡也搞不清正確位置，他已經詢問了好幾隻蝙蝠，蝙蝠們都自告奮勇，就是沒一隻把他帶到正確位置，他不好意思說自己跟蝙蝠都迷路了，只能裝模作樣地在附近繞圈。

「要不要我用探測術看看？」尤里西斯貼心地提議。

「不用，神殿就在一處山洞裡，就快到了。」他可是使役蝙蝠的吸血鬼，找不到山洞也太丟臉了。

話音剛落，伊凡想到一件事。

他記得母親說過，月神殿有五個出入口。

這些出入口分別通到不同樓層與房間，跟迷宮一樣複雜，只有一個入口是可以一路暢通到收藏光之劍的房間。

見他面露詭異的神色停下腳步，尤里西斯趕緊上前詢問：「怎麼了？」

「那個……」伊凡摸摸鼻子，語氣難掩尷尬，伊若娜也沒跟他說正確的入口長什麼樣子。

「有問題就說，沒關係。」

「沒什麼，只是──」話音未落，一陣夾雜落葉的暖風迎面拂過伊凡的臉龐。

伊凡愣了愣，不自覺地看向風吹來的方向。

落葉在地上隨風轉了一圈，像是在指引他一般，轉往另一個方向。

伊凡下意識地跟上落葉的腳步，他仔細感受著風流，目光緊盯著落葉，原先意見分散的蝙蝠們也像是聽到誰的聲音，紛紛統一了前進方向，引導兩人來到一處山洞口。

兩人背對著夕陽，逐步走進洞穴深處，蝙蝠們興奮地一湧而上，最後聚集在一扇古老的石製白色門扉前。

吸血鬼望向被青苔與灰塵覆蓋的大門，以及那生灰的鑰匙孔。

「等等進去千萬別離開我身邊，」他帶著凝重的神色，仔細交代年輕的聖騎士：「月神殿錯綜複雜，有許多陷阱，平日也有惡靈守著，稍微一有閃失便會陷入危險。」

他記得原作裡的尤里西斯花了幾十章跟陷阱與惡靈搏鬥才終於拿到光之劍，但現在想想，也有可能是尤里西斯走到不同入口導致。

聖騎士點點頭，拔劍以示警戒。兩人帶著緊繃的心一同望向門扉。伊凡從懷中取出水晶鑰匙，在他正要插入鑰匙孔之際，整個洞穴開始天搖地動。

「怎麼——」他驚愕地左顧右盼，尤里西斯也立刻擋在他身前，舉劍指向大門。

只見大門緩緩往後滑開，一道沒入黑暗的長廊映入眼簾，除此之外再無其他動靜。

吸血鬼與聖騎士面面相覷。

「你剛剛……」

「我剛剛沒用鑰匙。」

伊凡一陣鬱悶，要是不用鑰匙就能開門，他豈不是白拿了？雖說過往確實也有用鑰匙開門卻依然被擋在外面的管理者。

「光之劍是神殿之主，它可能已經注意到我們來了——」伊凡一邊說一邊踏進門，他的腳才剛踩上長廊，鑲在長廊上的白色水晶壁燈一齊發亮，照亮整條長廊。

「……」伊凡開始懷疑伊若娜是不是少交代了什麼。

水晶燈靜靜地在黑暗中散發出皎潔的白光，宛若黑夜中的一盞明月，大門在兩人的後面緩緩闔上，一股涼風搶在門扉闔上前鑽了進來，親暱地拂過伊凡的耳畔。

不太對勁。

伊凡仔細回想原作裡的光之劍篇章，他記得尤里西斯在攻略月神殿時，一路上整個神殿黯淡無光、時不時有鬼魂在耳邊呢喃，尤里西斯還中了好幾次陷阱，弄得渾身遍體鱗傷才拿到光之劍。

可現在事情進行得異常順利，他只能將原因先歸到自己是管理者身上。

「我們走吧。」

回過神來，尤里西斯已經走到他前方，朝伊凡伸出了手。

伊凡無視那隻手，走到他身側，目光淡漠地瞄了他一眼：「小心腳步，這裡雖然是較為安全的路線，但也不可大意。」

尤里西斯點點頭，垂下了手，另一隻手則警戒地放在劍柄上。

說是這麼說，但直到長廊盡頭，仍沒有人觸發陷阱，在兩人走下螺旋階梯時，水晶燈也跟隨他們的腳步一盞盞亮起，簡直就像在歡迎他們一樣。

「光之劍看起來挺好客的。」在兩人走到不知到幾百公尺深的地底時，尤里西斯忍不住感嘆一句。

一盞盞圓月水晶吊燈垂吊在兩人上頭，宛若星辰為兩人指引了前進的方向，地板的古老紋路綻放幽幽的白光，幽魂們躲在陰影處，偷偷打量著他們。

地下水順著岩石縫隙滴在礦石上，那聲音宛若歌唱一般迴盪在兩人耳邊，洞穴深處的水晶礦脈散發著柔和的光芒，讓伊凡感覺自己正走入一個幽暗夢境。

「可能悶壞了，畢竟已經幾十年沒人來探望它了。」

伊凡被這般景色吸引，忍不住拉下兜帽駐足欣賞。

一顆斗大的水滴滴在他的肩膀上，伊凡扭過頭，一眼與尤里西斯對上目光。

「我感覺光之劍在歡迎你。」聖騎士拂去他肩膀的水滴，眼神柔軟得讓伊凡有點招架不住。

「我看是在歡迎你，因為你是第一個來到這裡的聖騎士。」

兩人一陣沉默，在其中一人忍不住笑出來時，另一人也笑了。

一陣嗡嗡聲從洞穴的彼端傳來，兩人循著聲音前行，最終來到一處空曠的大廳前。

大廳的半圓屋頂鑲著由千百顆水晶點綴而成的星空，其中有數百顆水晶特別閃亮，在天花板上連成一個個敘述著異世界神話的星座。

大廳裡置著四座地下水池，水池走道交會之處有一座神臺，一把散發著慘淡光芒的白色長劍靜靜地懸浮在神臺上，一閃一閃地在大廳中閃爍。

「這就是光之劍？」尤里西斯瞇起眼睛，走到神臺旁仔細打量這把傳說中的聖劍。

「嗯，它有點脾氣，小心點。」伊凡站在離它幾公尺之處，不敢再靠近一步。

「它沒有劍鞘嗎？」

「沒有，它的工作就是為月神殿點燈。」

「它已經布滿灰塵了，劍尖還黏著蜘蛛網。」尤里西斯忽然有點同情這把劍。

「它可是太陽神的造物，哪個吸血鬼敢碰它？」伊凡毫不心疼，揮揮手讓尤里西斯趕快行動。「快把那把劍取下來。」

一旦讓尤里西斯握住劍柄，光之劍就會自動認主了，到那時候伊凡再虛情假意地上演一番聖物被搶、無可奈何的戲碼，讓尤里西斯覺得欠他人情就行了。

『什、什麼？這把劍居然認你為主了？怎麼可能！』

『唔……既然如此，也沒辦法了，這把劍暫時交給你！你可欠我一個人情！這把劍可是屠殺吸血鬼的利器，給我小心使用！』

伊凡已經在內心默念出臺詞了，他心不在焉地看著光之劍，心想要怎麼演得更像一個吃鱉的反派時，尤里西斯伸出手了。

那隻手經過一番刻苦訓練，早已將劍舞得出神入化，即使手握平凡的木劍也能化腐朽為神奇，更不用說這把絕世神劍。

可就是這隻手，一把抓了個空。

伊凡：「……」

尤里西斯：「……」

不是他們的錯覺，光之劍原本與神臺呈現完美的九十度角，如今卻歪了三十度。

尤里西斯伸長了手，光之劍又歪了三十度。

當他伸出兩手去抓時，光之劍直接倒在神臺上躺平。

「它怎麼了？」

「……它黏住了。」

尤里西斯用力抓住劍柄，試圖把這把頹廢的劍拉起來，可光之劍像是塗了強力膠黏在神臺上，死都不肯起來。

伊凡神色詭異地向前幾步。這不在他的預料中，照理來說，光之劍一被尤里西斯握住就會綻放耀眼的光芒，欣喜地把尤里西斯腰間的配劍甩出去，換自己窩到劍鞘裡。

「你先把腰間配劍拔出來，看它會不會鑽進劍鞘裡。」

尤里西斯照做了。

光之劍好整以暇地躺在神臺上，它的光芒變得更加冰冷，宛若在譏笑尤里西斯的天真。

「……我覺得它討厭我。」尤里西斯面無表情地將配劍入鞘。

「怎麼可能?你可是聖騎士，它身為光之劍怎麼可能不喜歡你?」伊凡又向前幾步，躲在聖騎士背後打量光之劍。「快點，再試試看，你放一點聖光吸引它。」

尤里西斯伸出食指，微弱的聖光凝聚於他的指尖，當他的指尖即將觸上光之劍時，光之劍似乎被他惹怒，劍身爆出一陣刺眼的聖光回擊。

伊凡發出慘叫，連忙摀住自己的眼睛。他感覺像被澆了一桶沸騰的熱水，眼睛也要瞎掉了。

「伊凡!」耳邊傳來聖騎士驚慌的聲音，一隻手按住他的後腦，伊凡猝不及防地跌入對方的懷裡。

聖騎士背對著光之劍，用高大的身軀幫吸血鬼遮住聖光。所幸下一秒，聖光瞬間消散，連頭頂的水晶燈也一起黯淡下來，整個大廳陷入伸手不見五指的黑暗。

「你沒事吧？」

尤里西斯帶著焦急與擔憂的聲音迴盪在大廳裡。

「沒、沒事……」伊凡揉了揉眼睛，雖然眼睛仍處在瞎盲狀態，但至少被燒灼的疼痛消失了。

黑暗中傳來鬆一口氣的聲音，伊凡感覺到一雙覆著繭的溫熱掌心捧起他的臉。

「眼睛還好嗎，我看看？」

他愣了愣，雖然眼前一片模糊，但他可以感覺到男人略為慌亂的吐息與失了序的心跳聲。

不知怎麼地，他有點緊張，耳根也熱熱的，也許是尤里西斯的手心溫度對吸血鬼來說太過燙人。

他略顯無措地揪起手指，在意識到自己正揪著對方的衣領時，又急速放開，頓時不知雙手該安放於何處。

「這、這麼暗你看得見什麼？又不是吸血鬼。」

聽見伊凡還有心情開玩笑，尤里西斯這才放下心來，微微鬆開手。

神臺上傳來一陣嗡嗡聲，光之劍閃爍著慘白無力的光芒，像是在認錯，也像是在吸引某人的注意。

事已至此，伊凡有一個破天荒的猜測。

「換我去試試？」仔細想想，他身上流淌著人類血脈，應該也有資格碰光之劍。

「太危險了。」這次換尤里西斯阻止他靠近，「這把劍個性有問題，別管它了。」

「……」伊凡看見光之劍的劍峰閃過一絲駭人的光芒。

光之劍嗡嗡地從神臺上浮起，重新直立在神臺上，頭頂的自動感應水晶燈再度亮起，彷彿什麼事也沒發生。

「沒事的，它只是很愛惹人注意，但從沒有傷害過吸血鬼。」至少在尤里西斯得到它之前是這樣。

伊凡輕輕推開尤里西斯，站到光之劍前。

「我是來交接的新任管理者伊凡·艾路狄，要是你有什麼想說的，請你用溫柔一點的方式傳達給我。」伊凡試著對一把劍講道理。

光之劍變得黯淡無光。

「不要裝死，我知道你聽得懂。」

光之劍緩緩降下，在劍尖碰到神臺之際，劍身往前一傾，嬌弱地往伊凡懷裡倒去。

就在此時，伊凡的肩膀被聖騎士一把攬了過來，與光之劍擦肩而過。

砰一聲，光之劍撲了個空，悽慘落魄地摔到地上。

「小心點，這把劍想砍你。」尤里西斯睥睨地上的長劍，對閃過劍峰的寒光視若無睹。

嗡嗡嗡地，光之劍從地上浮起來了，它氣得渾身顫抖，直接撲到伊凡懷裡。

「你幹什麼？」伊凡大吃一驚，試圖拔起黏在身上的長劍。可這把劍跟他就像異極相吸一樣，說什麼也不肯起來，稍微拔起來又黏了回去。「走開，你的主人不是我！再說我又不會用劍，你黏著我有什麼用！」

尤里西斯跟著加入拔劍行列，說的話也不帶一絲好意：「好歹也照照鏡子再撲過去，你渾身都是灰塵跟蜘蛛網。」

此話一出，光之劍咻一聲衝出伊凡的懷抱，一頭栽進水池裡，瘋狂抖了一陣又飛回伊凡身旁，劍柄還蹭著伊凡的掌心，瘋狂地討好。

「好了、好了，我知道了！你冷靜一點，別靠我這麼近，我可是個吸血鬼！」

「給我進來！你會灼傷他！」尤里西斯一把掏出配劍，冷冷地指了指空空如也的劍鞘，可光之劍躲到了伊凡背後，說什麼也不肯進去。

「那裡才是適合你的地方，我知道你可以改變體型，先去那裡待著！」伊凡像被燙到似的試圖躲到尤里西斯的背後，兩人一劍亂成一團，最後尤里西斯成功捉住劍柄，強行將光之劍塞入劍鞘，這場鬧劇才暫時告終。

「它有什麼毛病？好好一個聖騎士不要，偏要一個吸血鬼！」伊凡驚魂未定地瞪著被按住頭的光之劍。

「可能因為它喜歡你，打從接近神殿時，它就已經迫不及待了。」尤里西斯的手背泛著青筋，顯然正在跟光之劍角力。

「有哪個吸血鬼會喜歡帶著一個迷你太陽？你要不就跟尤里回去，要不就待在這裡！」

聽到這番話，光之劍不掙扎了，它垂頭喪氣地待在劍鞘中，照耀大廳的水晶燈也黯淡下來。待尤里西斯再度拔劍時，光之劍已經死死卡在劍鞘裡，說什麼也不肯出去。

「先把它帶走吧。」伊凡嘆了口氣，無可奈何地下了結論。

他不明白為何光之劍這麼喜歡它，明明原作裡的光之劍對尤里西斯一心一意，不惜背叛吸血鬼也要跟尤里西斯在一起，但現在光之劍卻像是跟尤里西斯有仇一般，讓他感到無比納悶。

難道原作的伊凡沒死，光之劍就會認他為主？那自己豈不是攪亂了劇情嗎？

「我可以理解這把劍為何會在這裡生灰了。」尤里西斯一手拿著原先的佩劍，一手按住光之劍的劍柄，斜眼瞄了光之劍一眼。「瞧它這麼喜歡你，應該是無法在神殿老實待著了。」

伊凡一副生無可戀的模樣，他不知道自己一個不會用劍又會被聖光閃瞎的吸血鬼要怎麼隨身攜帶一把光之劍。

「總之還是謝謝你了。」在踏出月神殿時，伊凡渾身無力地道了聲謝。「既然這把劍想跟著我就讓它過來吧。」

他朝光之劍招了招手，只見劍鞘寒光一閃，光之劍在空中威風地劃了一圈，溫順地降落到伊凡面前。

既然光之劍跟尤里西斯合不來，他也不能讓這把失控的小東西跟著人家走，大不了他自己拿來捅加雷特就是了，有總比沒有好。

「……」尤里西斯狐疑地上下打量長劍，那表情似乎有點心有不甘：「要不我們還是把它放回去？」

語畢，好不容易乖巧的光之劍開始劇烈顫抖，一把將劍尖指向聖騎士，可對方也不是省油的燈，在感受到它的殺氣時立刻拔劍彈開攻擊。

「好了好了，別打了！你們要打就離我遠一點，我真的會被你們的聖光害死！」

Chapter.8 讓我待在你身邊

皎潔的彎月躺在布滿星光的黑色絨毯上酣睡，信奉太陽的信徒們罕見地對著明月高歌，讚頌太陽的美好。

今天是太陽神殿每三個月一次的祈福日，大大小小的信徒從白天便聚集在神殿裡，早上朗誦詩詞、晚上飲酒高歌，鮮豔嬌嫩的花朵妝點於莊嚴的神殿，增添一絲親切的氣息，空氣瀰漫著清雅的百合花香。人們聚集在神殿前的廣場，不知疲倦地在樂團的演奏下起舞，徹夜狂歡。

尤里西斯坐在不顯眼的角落，將杯中紅酒一飲而盡，他遠遠觀望著歡笑起舞的人們，意興闌珊地低頭瞧向酒杯底部的倒影。

杯中圓月讓他的思緒飄到靜謐的月神殿。他還記得那個人站在黑暗之中，仰頭欣賞螢光水晶的模樣。

那驚喜的神色、漾著微光的紅眸與周遭景色融為一體，在他心裡久久不散。

明明是吸血鬼，尤里西斯卻從未在伊凡身上感受到死氣沉沉這一詞，反而感覺到他對生命的熱愛。

他會赤腳踩在綠油油的草地上，任憑微風拂過髮絲，感受陽光晒在身上的感覺。他會傾聽洞窟中的水聲，駐足欣賞腳邊的飛花落葉。透過他的視線，尤里西斯隱約明白了吸血鬼為什麼不允許人類涉足森林。

就是在他們的守護下，森林才得以維持自然美麗的樣貌。

「我們未來的聖騎士長怎麼一個人待在這裡？」

一個帶著幾分調侃意味的嗓音喚回尤里西斯的神智。

尤里西斯聞聲看去，只見一名有著壯碩體格、臉帶刀疤的瘸腿男子站在黑暗的長廊上，對他露出淺淺的微笑。

尤里西斯微微睜大雙眼，急忙站了起來，「老師。」

賈克森穿著白色騎士服，威風凜凜地站在他面前。瘸腿曾經讓他灰心喪志，但現在的他看起來已經重新找回往日的威風。

「您回來了？怎麼不早說一聲，今天白天祈福時都沒看到您。」

「我可不想拖著這條腿出現在大眾面前。」賈克森自嘲一番，隨後說道：「再說，我準備退休了，所以這種活動還是讓你來吧。」

聽到這番話，尤里西斯愣了愣，卻不感意外。賈克森的身體狀況確實已經不適合站在前線，與其待在騎士團被眾人議論，這時候風光退休是最好的。

賈克森握緊拳頭，神色堅毅地凝視著尤里西斯。

「在我退休前，有一件非做不可的事，這也是我回來的原因。」

「什麼事？」

「有個可靠的線人告訴我，吸血鬼女王已懷孕數月，下個月就要生了。」賈克森振奮地拋下震撼彈。「這可是個千載難逢的好機會！」

「……什麼？」

「吸血鬼女王是奧斯曼森林中最強的吸血鬼，但懷孕會使她身體虛弱，魔力也不如以往強大。臨產的吸血鬼就跟人類一樣脆弱，這是我們出征艾路狄家族的最佳時機……你怎麼了？怎麼臉色這麼難看？」

「您聽誰說的？」

「我做聖騎士長這麼多年，總有幾個值得信賴的線人。」賈克斯避而不談，轉而談起與吸血鬼征戰的歷史：「數百年前曾有聖騎士長率領聖騎士團與當代聖女討伐吸血鬼，最後敗在吸血鬼女王的手下。那位女王陛下極其囂張跋扈，據說貴族滅門事件的凶手也是她。她就是如此目中無人，還擄走了巴澤爾陛下的胞弟，要知道，綁架王族可是連薩托奇斯家和蓋布爾家都不敢做的事——」

「不用講了，」尤里西斯打斷他的話，目光越發冷漠。「您根本不在意事情的真相吧？您只是想在退休之前，完成前人沒做到的壯舉。」

「你說什麼？」

「襲擊一個孕婦有很光榮嗎？奪走一個孩子的未來讓您有成就感嗎？恕我直言，您這是——」

「那不是孕婦，那是怪物與怪物之子！不要因為他們長得像人類就把他們當成同類了，你清醒一點！」賈克森憤怒的吼聲迴盪在長廊裡。「你忘了前幾年發生的那個案件嗎，尤里？」

尤里西斯知道他是在指人類女子懷上吸血鬼之子，最終難產而死的事件。

「那是特殊案例，不是所有吸血鬼都這樣。」

「特殊案例？你自己翻翻神殿的紀錄，有多少女性因為懷了吸血鬼之子而落得悲慘的下場，史書記載，那些女性最後都精神失常、雙目渙散，身體瘦弱得有如骷髏。那群吸血鬼就是人渣，他們把人類當成食欲與性欲發洩的對象，你敢說那些都是特殊案例嗎？」

尤里西斯閉了閉眼，忍不住握緊拳頭。

「那些令人髮指的行為，人類也會做。如果凡事都這樣下定論，法律就沒有存在的必要了。」

尤里西斯對上賈克森難以置信的目光，目光沉沉地反駁：「錯的人應該是做出強迫行為的那方才對，凡事都推給吸血鬼對吸血鬼並不公平。」

「你說的對，錯的人應該是不顧對方意願，做出強迫行為的那一方才對。」

「那麼——」

「尤里，這世界本來就不存在什麼公平。」賈克森強硬地打斷尤里西斯。「占據優勢的那一方本來就會得到更多主導權。這世上又有誰占了優勢，卻又願意放下優勢跟其他人平等相處呢？吸血鬼擁有強大的魔力與頑強的肉體，這是他們與生俱來的優勢，在他們眼中，人類本來就是較為弱勢的一方。」

賈克森看向自己那隻包了繃帶的腳，語氣平淡地說：「弱勢的那一方本來就很難為自己爭取權益，所謂的平等不過是優勢者對弱勢者的同情罷了。」

尤里西斯跟他望著同一個地方，沉默不語。

他垂下眼簾，雖然吐不出任何一句反駁的話語，但伊凡的身影清晰地在他腦海中浮現。

——「凡事都把過錯推給吸血鬼並不公平，哥哥。」

一個月前，在尤里西斯去探望伊凡的那一天，貝莉安在他拜訪艾路狄宅邸之前，以正經的口吻對他如此說道。

「吸血鬼跟我們一樣有自己的生活以及想守護的事物，他們跟我們沒兩樣。」

「那是因為妳遇見的吸血鬼是特別的，貝莉安。」尤里西斯將從城鎮買來的乳酪放到桌上，對顯然已經被吸血鬼洗腦的妹妹搖了搖頭。「不是所有吸血鬼都跟伊凡一樣。」

身為聖騎士的他經手過這麼多吸血鬼案件，很清楚吸血鬼之中存在著心狠手辣的鬼，那才是他們要提防的對象。

「是嗎？可是伊若娜夫人也很好啊，上次跑步時遇到她，她還誇讚我體力很好呢。」

「伊若娜夫人？那個吸血鬼女王？」

「對呀，哥哥還沒見過吧？伊若娜夫人目前懷有身孕，所以不常外出，能見到她很幸運呢。」

「妳說什麼？」尤里西斯呆若木雞，懷疑自己聽錯了。「吸血鬼女王懷有……身孕？」

「咦？伊凡哥哥沒跟你說嗎？這在領地是公開的祕密呢。」貝莉安接下哥哥的愛心物資，吃驚地睜大眼。「伊若娜夫人下個月就要生了呢，最近村裡居民也都在討論，我以為哥哥早就知道了！」

尤里西斯沉默許久，這才神色微妙地開口：「伊凡沒說。」

他內心百感交集，總覺得好像哪裡不對但又說不出所以然，伊凡確實沒理由主動跟一個聖騎士提這件事。

「啊，那哥哥就裝作不知道吧，千萬別說是我講的！」

「……」

「總之啊，那個吸血鬼寶寶是萊特老爺跟伊若娜夫人的第二胎，大家都說才十幾年就有第二胎很幸運呢，因為女性吸血鬼不容易懷孕呀！為了這個寶寶，伊凡哥哥很努力呢，托姆說伊凡哥哥原本都待在領地不出門，是因為夫人懷孕了才接手領主工作。」說到此，貝莉安竊喜笑著。「也因如此，我才能遇到伊凡哥哥，不然托姆說他以前從不管事的！」

怪不得伊凡第一次遇到他時會直接原地暈倒。尤里西斯心想，不管是抵禦敵人、維護結界、巡視領地，都是伊凡過去不曾接觸過的事務。

原來伊凡也跟他一樣嗎？他們都在學習當一個好哥哥。

「我希望哥哥能為那個吸血鬼寶寶盡一份心力。」貝莉安雙手揹在身後，神情如沐春風。「因為伊凡哥哥也是這樣，他愛護自家弟弟，也願意照顧別人的妹妹。」

尤里西斯至今仍不知道貝莉安跟伊凡初遇的詳情，但他猜那一定是一段溫柔的邂逅。

明明伊凡對他的妹妹溫柔以待，尤里西斯卻發現自己無法做到同樣的事。他沒辦法將伊凡的弟弟同樣視如己出。

因為他還記得那名懷了吸血鬼寶寶的女子死前的模樣，還有那個猙獰恐怖的嫩嬰。那個嬰兒渾身沐浴在鮮血之中，雙眸通紅而猙獰，簡直就像集世間詛咒於一身，從地獄爬出來的惡魔。

要如何對那樣的怪物溫柔以待呢？他光是捧在手上，便感到一陣顫慄。

——「你就是人們口中的英雄尤里西斯對吧？」

在尤里西斯待在樹蔭下等伊凡換衣服時，一名斯文俊秀的人類男子緩緩朝他走來。男子一身質地精良的貴族服飾，風姿綽約、溫文儒雅，氣質猶如玉石般溫潤。雖然歲月在他臉上留下了痕跡，但依然是個令人印象深刻的美男子。

「萊特殿下？」尤里西斯早就聽聞國王巴澤爾的弟弟是聰慧的美男子，一看見本人，他便認出來了。

雖然已經知道萊特殿下沒事，但實際看到本人還是讓尤里西斯嚇一跳，畢竟這麼多年來，奧斯曼王國的居民都以為王國的二王子被吸血鬼俘虜，過著慘無人道的生活。

「真是稀奇，居然還有人這樣叫我。」萊特眨了眨眼。「你如果是我艾路狄家的血奴，應該叫我

反派吸血鬼的求生哲學

萊特老爺。」

「萊特老爺。」聖騎士一秒改口。

見他毫不猶豫的樣子，萊特忍不住低笑出聲。

「巴澤爾陛下這些年來一直很擔心您的安危。」

「請幫我轉告國王陛下，我已結婚改姓，目前育有兩子，日子過得很是愜意、不必擔心，希望陛下也好好過自己的生活。」

「您至少寫封書信或是回去露個臉，沒看到您陛下無法放心。」

「巴澤爾陛下貴為一國之君，與吸血鬼家屬往來會影響社會觀感，請你口頭轉告陛下即可。」

尤里西斯愣了愣，頓時沉默下來。

就他所知，巴德爾國王跟他胞弟曾競爭過王位，人們都說二王子聰慧，大王子有領導力，貴族們也分成兩派，一派支持二王子，一派支持大王子。在二王子失蹤後，巴澤爾才被正式立為王儲。

「我想你應該也不是為了勸我回去才來這裡的，你在等伊凡對吧？」萊特的目光掃過尤里西斯的襯衫與空空如也的手。「真是稀奇，想要低調一點就應該換身衣服才對，你以為沒穿外套來，大家就認不出你了嗎？」

聽見萊特帶著笑意的調侃，尤里西斯感到有些窘迫：「我並沒有這樣想。」

他也不好說外套去哪裡了，畢竟伊凡是偷溜出來的，但眼下應該已經被伊凡爸爸識破了。

「我記得貝莉安是你妹妹吧？她是個勤勞的女孩，健康狀況也很好，很適合貢獻給吸血鬼。」萊特笑吟吟地說。

「……」尤里西斯沒有被激怒，狀似漫不經心地整了整袖口。「謝謝您的讚美，貝莉安受吸血鬼庇佑，做出點貢獻也是應該的，希望她的血液合吸血鬼女王胃口。」

「嗯，伊凡也誇讚過呢。多虧她，我家那個挑食的兒子終於有胃口了。」

「據我所知，沒人能讓他有胃口，尤其伊凡昨天又去蓋布爾家吃了頓糟糕的晚餐，他現在應該見到血就想吐。」尤里西斯直直對上萊特的目光。

吸血鬼女王之夫加深了笑容，意味深長地打量他。

「既然伊凡對你也沒胃口，那你為什麼會待在這裡呢？」他的嗓音輕柔，卻讓尤里西斯不自覺感到壓力。

但尤里西斯並不畏懼這份壓力，他堅定地說道：「因為我擔心伊凡。」

他不需要拙劣的謊言，也不需要為自己的行為找藉口。

「他是個溫柔的人，願意站在對方的角度思考，既努力又笨拙，即使餓到快暈倒了也要盡領主的職責。他習慣將艱辛的一面藏起來，所以我擔心他。既然伊凡不願意喝血，那至少讓我待在他身邊保護他。」

如此直球的自白讓萊特微微睜大眼睛，他驚訝了一瞬，最後忍不住笑出聲。

「你跟我想像的不太一樣。」

萊特故作遺憾地嘆了口氣：「很可惜，吸血鬼並不需要人類的保護。想要待在吸血鬼身邊，唯有獻出『鮮血』。」

他的眼中閃過一絲精光，以過來人的語氣說道：「不論是容貌還是權勢，都吸引不了吸血鬼，只有美味的血液能奪取他們的青睞。所以不管你是怎麼想的，如果想守在吸血鬼身邊，你只能使勁展現自己美味的一面、散發出迷人的香氣，一步一步勾引吸血鬼沉淪。」

尤里西斯凝視著吸血鬼女王的伴侶，那狡猾的眼神讓他隱約明白當年的王子綁架事件是怎麼發生的了。

「我會努力的。」尤里西斯認真老實地回答。

「那我幫你把個脈，看看你還有哪裡需要改善的地方。」萊特重新露出溫文儒雅的無害笑容。「別看我這樣，我可是這座森林裡醫術最精湛的醫生呢。」

尤里西斯聽話地伸出手。

「很多人以為吸血鬼只要有血就吸，但其實不是，他們很挑的，喝到品質差勁的血液也會生病的。」萊特一邊仔細把脈，這副細心為吸血鬼著想的樣子完全聯想不到他曾是人類之國的王子。

「……還在肚子裡的吸血鬼胎兒也是嗎？」

「是啊，不管是胎兒、孕婦還是發育期的吸血鬼都需要攝取很多營養，所以對血液品質的把關萬萬不可大意。」

聽到這番話，尤里西斯的神色黯淡下來。他猶豫一會兒，最後還是艱難地開了口：「就因為如此，懷上吸血鬼的女性能活到孩子出生就已是奇蹟。她們在懷孕時就會被吸血鬼寶寶吸乾生命，生出來的孩子也……」

他說不下去，所幸萊特淡淡看了他一眼，便接口說道：「你說的只有一半是對的。正確來說，是懷上吸血鬼的人類女性會被吸乾生命，但若懷上吸血鬼的是吸血鬼女性，就不會有問題。」

「……什麼？」

「人類的身體太過虛弱，沒辦法提供吸血鬼寶寶足夠的營養。但吸血鬼女性沒這問題，不論寶寶的父親是吸血鬼還是人類都無大礙，尤其是強大的女性吸血鬼，她們生下來的孩子即便有一半人類血脈，也比一般被後天轉化的吸血鬼強。不過既然你都這麼說了……王城裡出現了懷上吸血鬼寶寶的人類女性嗎？」

萊特沉吟了幾聲，神情一臉為難。

「若是人類女子……我的建議是盡快藥物流產，雖然失去孩子是件很痛苦的事，但至少可以救回母親的命。」

「所以那些懷上吸血鬼的人類女性是有辦法救回來的？」尤里西斯抓住抓住萊特的雙肩，越講越激動。

「只要發現得早，基本上都是能救回來的。而且吸血鬼寶寶並非一定會害死自己的人類母親，主要還是看體質。」萊特疑惑地看著他，不明白對方為何如此激動。他在這裡生活多年，看了許多吸血鬼收藏的文獻，裡面有許多人類不敢寫下來的事。「如果那個人類女子擁有強悍如戰士的肉體、媲美魔法師的魔力，那她就有可能成功誕下一個吸血鬼寶寶。但這種人很稀有，通常也不願意懷上吸血鬼的孩子，所以案例很少。」

「也就是說，真的有人成功誕下吸血鬼過？」

他像是看到一線希望，既感喜悅也備感慚愧。

如果他們早點對吸血鬼拋出善意，或是願意跟艾路狄家交流，是不是就能挽救那場悲劇了呢？所有人都對那名懷了吸血鬼之子的孕婦避如蛇蠍，他們把她關在神殿裡，眼不見為淨，彷彿多接近一步就會被詛咒……可實際上，奧斯曼森林就住著一位能處理這種情況的醫生。對吸血鬼的恐懼讓他們把這對可憐的母子妖魔化，沒有人願意理性看待這件事。

他垂下雙手，對自己還有整個神殿都感到失望。

「生小孩本來就是一件不容易的事啊，對吸血鬼和人類來說都是如此。如果你身邊有懷上吸血鬼的夫妻，把他們帶過來吧，」萊特拍了拍他的背，和顏悅色地給予安慰。「產前檢查是必要的，在懷孕期間，不管是孩子的父親還是母親都要盡一份心力，才能誕下健康的寶寶喔。」

在看到萊特掩藏不住的幸福神情後，尤里西斯頓時心底一酸。

——我希望哥哥能為那個吸血鬼寶寶盡一份心力。

貝莉安溫柔的話語此刻在心中迴盪，他感覺有個看不見的框正在碎裂。

「──那孩子就拜託你了，尤里西斯閣下。」

萊特的聲音化為一道強力的攻擊，粉碎了他的框架。

框架外的世界風光明媚，在那個閃爍著光的世界裡，他看見人類與吸血鬼幸福地生活在一起，即使一個活在陽光下，一個活在黑夜裡，也能一同欣賞彼此世界的美好之處。

他想守護的是這樣的世界，他也相信這般光景是存在的。

所以……即使賈克森告訴他，這世上不存在什麼公平，他也不會因此動搖。

「像這樣光憑片面之詞就要撻伐對方的行為，我無法認可。」尤里西斯伸手握住劍柄，緩緩拔出長劍。「如果您執意討伐艾路狄家，那我只能與您為敵了。」

賈克森難以置信地瞪大眼睛。

「艾路狄家為那些沒有選擇的人、生活困頓的人提供了庇護所，伊凡・艾路狄亦是我見過最盡責的領主，所以我不會允許您踏入那裡一步。」

聞言，賈克森的臉沉了下來，神色越發陰冷。

「你可想清楚了？要是此刻選擇與我作對，聖騎士長的位置可能就跟你無緣了。現在把劍放下，我還能裝作沒看到。」

「您打消主意，我就會把劍放下。」

「你瘋了嗎？奧斯曼的幽靈是勾引你還是威脅你了？有多少人夢想爬到你這個位置，你不但不珍惜，還說這種話！你對得起栽培你的師父嗎！」

「……」尤里西斯的手動搖了一瞬。

尤里西斯默默收回劍，對賈克森說道：「對不起，老師，是我逾越了。我不想辜負您的恩情。」

「知道就好──」

「所以我會跟神殿請長假。若您執意討伐，到時候就在艾路狄的領地一較高下吧。」

「尤里！」

尤里西斯毅然決然地轉過身，走向神殿的人事部。他不在意賈克森怎麼說，也不在乎自己的職涯是否會受影響。

若聖騎士長一職需要踩著艾路狄家的屍骨才能爬上，那他寧可拋棄原先擁有的一切。

◆

長夜將盡，曙光緩緩從地平線冒出，為大地帶來一絲光明。

神祕的白霧瀰漫在樹林間，陽光穿透迷霧，化為光束洒落在草地，以及一名聖騎士身上。

溫暖的光芒為聖騎士柔順的金髮與雪白的騎士服鍍上一層光芒。騎士騎著駿馬，漫步在閃閃發光的塵埃中。

樹葉的沙沙聲在樹林中迴盪，隨風飄散的落葉們紛紛穿上雪白的禮服，圍繞著他翩翩起舞。

聖騎士伸出一隻手，讓一片結了霜的樹葉落在掌心上。

一陣寒風從他身後拂過，帶走了樹葉。

「居然敢一個人闖入吸血鬼的領地，該說你是輕敵還是謹慎呢？」

一個帶著幾分調侃意味，輕柔而悅耳的嗓音從他身後響起。

尤里西斯策馬停下。他壓抑著鼓動的心跳，回頭望向那道熟悉的身影。

只見吸血鬼孤身一人站在他身後，他披著黑色斗篷，氣質冰冷如寒冬，眉眼之間卻透著一絲暖意，彷彿寒末初春一枝綻放於融雪中的嫩芽。

尤里西斯深深凝視那對漾著光的紅瞳，不假思索地開口：「我無處可去了，可以收留我嗎？吸血鬼哥哥。」

在吸血鬼訝異的視線中，尤里西斯從馬上一躍而下，一步步走向對方。

「我有健康飲食、定期運動，也睡得很飽。」他的腳步輕快，神色越發柔和。「多虧了你，我從未如此清醒過，現在感覺很好。」

在距離吸血鬼一步之遙時，他停下了腳步。

「這樣的我，有資格做你的血奴了嗎？」

聖騎士低沉的嗓音迴盪在森林中，恰好一陣風吹過，吹散了迷霧。

兩人目光交纏，在朦朧晨光中沉默對視。

最後吸血鬼忍俊不禁，展露尖牙，毫無防備地笑出聲。

「可以，你合格了。」

吸血鬼燦爛的笑顏融化了原先的冰冷氣質，只見他拉下兜帽，陽光為吸血鬼蒼白的臉龐增添一絲暖意。

「成為我的血奴，就必須與我一同守護領地。我的領地有人類與吸血鬼居民、我爸爸、媽媽，還有……我弟弟。」伊凡停頓一下，小心翼翼地觀察他的表情。「我弟弟下個月就要出生了……」

這一次，尤里西斯的神情再無陰霾，語氣滿溢著真誠：「恭喜你要成為哥哥了。」

伊凡愣了愣，鬆開緊皺的眉頭，與他相視而笑。

「嗯，我要當哥哥了，我非常非常期待我弟弟跟我一樣能沐浴在陽光下，我……我想讓他知道這個世界有多美麗，還有很多人愛他。」

「他會明白的。」尤里西斯牽起吸血鬼冰冷的手。「我會與你一同守護他，也會跟你一起守護這個地方。」

為了宣示自己的忠誠，聖騎士俯下身子，在對方的手背上落下一個吻。

那微微泛紅的耳根，以及掩藏不住欣喜的表情被盡數收進眼底。

他甘願沉溺在這副表情裡，直到永遠。

Chapter.9 吸血鬼的初體驗

「孩子。願你下輩子能擁有健康的身體，一生無病無痛。」

一朵白玫瑰放到了少年的胸膛上。

少年緊閉著雙眼，雙手放在胸膛上，他躺在一口棺材裡，身旁圍繞無數雪白的玫瑰。少年的臉色枯槁蒼白，表情卻十分安詳。

「你是個偉大的勇者，終其一生都在抵抗病魔，雖敗猶榮。」

少年的主治醫生走到棺材旁，將手中的白玫瑰慎重地放到少年的胸口上。

「好孩子，不用再忍痛了，神會帶你前往另一個世界，你就在那裡安心地生活吧。」

一名跟少年住進安寧病房時跟他同病房的病友，拖著點滴架走上前來，為他獻上玫瑰。

最後，一對哭得泣不成聲的夫婦走到少年身旁，輕輕撫上他冰冷的臉頰。

「我的寶貝，若還有下輩子，你一定要擁有一個健康長壽的人生。」

「不用擔心爸爸媽媽，去另一個世界好好生活吧。」

眼淚沾溼了少年的胸膛，真摯的祝福融進少年的靈魂。

不要哭。

少年站在一旁，不斷在內心呢喃著。

可惡的反派已經跟他一起進棺材，是他勝利了。

他會好好生活的……所以不要哭，露出笑容吧。

「我們愛你，江一帆。」

聽見這番最後的告白，少年笑了。

「我也愛你們。」

無聲的話語消散在空氣中，江一帆的身影被溫暖的光芒擁抱，他闔上眼睛，邁出了未知的第一步。

◆

「——事情就是這樣，所以我離開神殿了。」

「你、你……」伊凡難以置信地瞪著牽著馬走在他身側，一臉平靜的聖騎士，他糾結一陣，最後還是嘆了口氣。「該說你是正直還是傻，唉……」

「有什麼問題嗎？」尤里西斯一本正經地反問。

「問題可大了，你本可以當臥底跟我們這邊配合，可現在你一氣之下離開神殿，我們注定要跟騎士團起衝突了。」伊凡扶了扶額，一副快暈倒的樣子。

尤里西斯細細思索一番，露出懊悔的神色。「你說得對，我應該先跟你商量的。」

「沒事，這件事也許……本來就無法避免。」

伊凡嘆了口氣，伸手摸了摸尤里西斯的愛馬斑斑。此刻兩人正在返回領地的路上，尤里西斯牽著斑斑，走在伊凡身旁。本來他想讓伊凡騎上馬，兩人一起騎回領地的，但被伊凡拒絕了，吸血鬼表示只有行動緩慢的人類需要騎馬，所以兩人只好慢慢走回領地。

在《吸血鬼帝王》裡，艾路狄家最後被聖騎士團殲滅，這是艾路狄家的命運，所以不論伊凡如何掙扎也躲避不了。

但也有可能是這一切皆為加雷特所引導，所以就算他把尤里西斯拉為己方，也無法阻止神殿攻打艾路狄領地。就他所知，加雷特的勢力廣泛，連神殿也有他的人馬。更何況神殿早就覬覦艾路狄領地已久。

「你還記得上次我送給你們的曼德拉草？」

聽聞這個說法，尤里西斯的神情複雜起來。

「你是說那個只會長在屍體上的藥草？」

雖然太陽神的治癒術可以治療外傷，但有許多疾病不是一個治癒術就能解決的。而曼德拉草能夠有效止痛，甚至助孕，是夢幻藥材之一，但據說這藥草只會在屍體上發芽。

「若真如你所說，那我們艾路狄領地也埋太多屍體了。」伊凡倍感無語。「總之，我爸爸從小著迷於藥草學，他聽說森林東邊出現了曼德拉草，便派了大批人馬尋找藥草下落，甚至提出一個瘋狂計畫。」

「萊特老爺提了什麼？」

「爸爸說，他想要親自培育曼德拉草，他認為曼德拉草只能長在屍體上不過是一種迷信，我們只是還沒找到培育的方法而已。當時太陽神殿聽聞後強烈譴責，就連當時的國王也不支持他……後來你也知道的。」

二王子帶著侍從親自到森林採集藥草，遇到了此生摯愛。他拋棄王子的身分，以領主伴侶的身分輔佐吸血鬼女王，潛心學醫和培育藥草。

「總之，目前市面上的曼德拉草幾乎都是艾路狄家提供的，這件事稍微打聽就知道。我們的貿易對象都是爸爸精挑細選的，從平民到貴族都有，目前曼德拉草也還在改良中。如果領地被占領，爸爸的心血就……」伊凡的神色黯淡下來。「我不會讓你爸爸的研究成果，還有那些草被人帶走的。當年太陽神殿不支持他的曼德拉草計畫，現在更沒資格覬覦他培育的曼德拉草。」

兩人回到艾路狄宅邸後，立刻迎來無數好奇的目光，因為尤里西斯的穿著和外貌太過顯眼了，過去也沒有聖騎士有這個榮幸踏入吸血鬼宅邸過。伊凡感到有些不好意思，但還是故作鎮定地向霍管家簡單交代：「這是我的專屬血奴，貝莉安的哥哥尤里西斯。」

霍管家與周遭僕從八卦的眼神簡直想讓伊凡鑽地洞，因為這是他第一次向人介紹自己「專屬」的血奴，以往他帶回來的人類都是提供給領地的血奴，但尤里西斯的地位跟他爸爸萊特一樣，只會獻血給單一個吸血鬼。

可沒辦法，雖說尤里西斯成了他的血奴，他也沒打算讓尤里西斯真的為領地居民供血，畢竟尤里西斯隨時都可能回到神殿，說白了，他只是想給尤里西斯安個名分，好讓他隨時往來艾路狄家。

「少爺，您要如何安排這位呢？」霍管家一邊暗暗打量尤里西斯，一邊試探性地問道。

專屬血奴也是有分類別的，有的血奴是來尋求合作的，也有的血奴是要培養成副手的，這些人的功用不是獻血，所以通常都會以專屬血奴的身分避開捐血義務，霍管家也是這樣來的。

可伊凡從未了解這些，所以被問到這個問題，伊凡避開眼神，含糊地回應：「隨便，跟爸爸差不多就好。」

此話一出，眾人內心掀起驚濤駭浪，有人嚇得差點放掉托盤，有人的窗戶直接擦歪了，可他們的少爺沒有多加解釋，急匆匆地帶人回房間。

「少爺原來喜歡這類型的？真看不出來。」

「少爺肯定餓壞了，現在還是大白天呢……」

「你們聽到少爺說的了！」霍管家低喝一聲，恨不得自己有八個分身。「把少爺臥房隔壁的空房打掃乾淨！準備熱水、食物、衣服，還有一瓶上好紅酒，記得其中一杯加入麻痺藥和曼德拉粉末，藥量加倍，務必讓那血奴在少爺面前動彈不得，渾身飢渴到沒有少爺不行！」

「是！」

伊凡渾然不覺，心虛地把尤里西斯帶回房間，直到將臥房門關上，他才鬆了口氣。

在原作裡，伊凡死亡的原因是遭到聖騎士團出奇不意地襲擊。尤里西斯因與伊凡交戰數次落敗，心灰意冷，最後在聖女的提示下前往月神殿尋找光之劍。獲得光之劍的尤里西斯有如神助，破解了吸血鬼數百年來從未被人攻破的迷霧結界，讓艾路狄領地暴露在世人面前。

這番舉動殺得艾路狄家措手不及，面對聖騎士的入侵，伊凡上前與尤里西斯決一死戰，最後被光之劍一劍穿心。

悲劇的是，他擁有半個人類血脈，所以被光之劍穿心時沒有像一般吸血鬼一樣當場灰飛煙滅，為了阻止這把劍刺向他的家人，伊凡反手抓住光之劍，就這麼讓光之劍插在自己胸口，任憑旁人如何努力也拔不出來。

他的死亡過程漫長而痛苦，已經痛到幾乎失去意識，卻無論如何也不肯鬆手，直到尤里西斯抱著他剛出生的弟弟過來，向他承諾不會殺這孩子，伊凡這才鬆開手，在陽光下化為灰燼散去。

這樣看來，艾路狄家落敗的主要原因除了主角威能外，還有迷霧結界的瓦解和光之劍的助攻。如今光之劍在他手上，尤里西斯也站在他這邊，只剩迷霧結界了。

迷霧結界是吸血鬼常用的一種暗魔法，施法者能在黑暗中施放迷霧，隱去身形，一般人類魔法師能在黑暗中隱蔽數人就很了不起了，唯有吸血鬼這種魔力龐大又被黑夜眷顧的種族才能隱蔽整個領地。

伊凡的魔力不足，他所建立的結界是三大家族中最脆弱的，別說是光之劍了，如今就連一個新上任的聖騎士都有可能為結界留下裂痕。

然而，吸血鬼所有的力量源頭都來自於血液。想要補足魔力，他就必須吸血。

「……」

繞來繞去，問題又回到伊凡最不想面對的地方。

「陛下那邊，神殿已經招呼好了，巴澤爾國王是贊成神殿出兵攻打艾路狄家的，他不相信萊特老爺能在這裡過好日子……」話說到一半，尤里西斯終於注意到伊凡異樣的神色。「怎麼了？」

「沒、沒事，只是……」伊凡吞吞吐吐地回應，他盯著聖騎士潔白的脖子，感到越發窘迫。伊凡耳根一熱，正打算吩咐僕人備點鮮血大餐時，門外有人敲門了。

「什麼事？」伊凡如獲大赦，趕緊上前開門。

「很抱歉打擾您，少爺。」門外的霍管家率領一眾僕人，畢恭畢敬地對他傾身鞠躬。「我們想跟您借用一下血奴。一刻後便還您。」

伊凡以為霍管家是要帶尤里西斯西斯去熟悉這裡的環境，正好他現在也不曉得該怎麼面對尤里西斯，很快便答應了。

尤里西斯幾番猶豫地回過頭，他很想知道伊凡要說什麼，但伊凡不給他發問的機會，急匆匆地將他推出去，叫他晚點再說。

砰一聲，尤里西斯被關在臥房外，內心感到無比納悶。他以為自己好不容易跟伊凡拉近了距離，現在卻又被拒於門外了。

「有什麼事等等再說。」尤里西斯打算重新進入房間，但被霍管家一把拉住。

「還能有什麼事？伊凡少爺都這麼委婉了，你不要不知好歹！」

「……？」

想到眼前這位是伊凡的「專屬血奴」，霍管家耐著性子解釋：「少爺口味挑剔，從未吸食過哪個人類。你身為少爺的專屬血奴，應該知道身為食物的本分，先去把自己洗乾淨，好給少爺享用。」

尤里西斯恍然大悟。

怪不得剛剛伊凡盯著他的脖子欲言又止的。他真是太遲鈍了，居然還反問伊凡怎麼了。

「明白的話就先去沐浴，少爺畢竟是第一次，你身為血奴，要負責勾起他的胃口，讓他慢慢地享用。快快快，少爺在等，等等你一邊洗一邊聽我說——」

尤里西斯被僕從們簇擁著離開原地，全宅邸上上下下都為了伊凡進食的事忙成一團。

以為自己很低調的伊凡此刻正待在書房裡，他從書桌底下翻出一個上了鎖的木箱，謹慎地緩緩打開，瞇眼瞧著裡面的東西。

嗡嗡嗡，被迫關裡面的光之劍發出可憐的哀鳴，身上的光芒無力地在黑暗中閃爍。

「噓，安靜一點。別讓大家發現我把你帶回來了……」伊凡像個瞞著父母偷養小動物的孩子，緊張兮兮地看了看門口，將光之劍取出來。「聽我說，聖騎士要組團打過來了。你能擊退他們嗎？」

放在書桌上的鵝毛筆浮了起來，在空白的書本上寫下一行字。

『要有使用者』

「有的，我這裡有一個劍士，他劍術高明，是太陽神殿的明日之星……」

『尤里西斯』

聖騎士的名字潦草地出現在書頁上，隨後被畫了好幾個大叉。

「為什麼這麼排斥他？」伊凡感到無奈不已。這個月來，他已經跟光之劍溝通過好幾次，但一提到這個人，光之劍便花樣百出地表現出厭惡。

伊凡一時懷疑原因出在自己身上。畢竟原作裡的尤里西斯是經過千辛萬苦才得到光之劍的，也許光之劍就是在過程中認可尤里西斯的，說不定是少了這個過程，光之劍才拒絕接納尤里西斯。

可每當問及理由，光之劍又會像現在這樣無辜地靠在他懷裡，什麼也不回應，讓伊凡很苦惱。

「如果你不願待在尤里那邊，乾脆先回月神殿吧，你對我們而言……太危險了。」

光之劍猛然一顫，從伊凡懷中飛了出去，在吸血鬼的注視下逐漸縮小身形。

「咦？你、你怎麼……？」

只見光之劍極力降低自己的存在感，最後縮得宛若飾品一般小巧，變成一個精緻的耳飾。

「你……」伊凡愣了愣，他端詳著迷你光之劍胸針，頓時不知該怎麼反應。

乍看之下是挺適合的，變成這樣，威力應該也跟著減少不少，只是這型態也太沒氣勢了。想到傳說神劍為了留在他身邊，不惜自貶成裝飾品，伊凡哭笑不得，不忍再勸它去其他地方。

都做到這種地步了，還把人……咳，是劍趕走，也太無情了。變成這樣，至少遇到危險時還能拿出來自保一下。

「隨便你，不要再發光就好。你要是敢隨便發光，我就立刻把你扔回神殿去。」

光之劍乖巧地待在躺在地板上。

伊凡把它撿起，取下原先戴在左耳上的月光石耳環，換上光之劍耳墜。

明明是太陽神的造物，為何選擇他而不是尤里西斯，伊凡暫時不想再追究這件事。有太多事情超出他的預料。

「真的……太脆弱了。」伊凡檢查了一下自己做的迷霧結界，結果令他感到絕望。薩托奇斯家跟蓋布爾家的迷霧結界都比他厚實好幾倍。

迷霧結界越脆弱，領地越容易被人找到。一旦讓聖騎士們闖進領地，要再趕出去可不容易。伊凡無可奈何，只能運用僅剩的魔力加強結界。

「唔……」隨著魔力一分一秒被抽空，伊凡的眼前一陣暈眩，跪坐在地，感覺地面在旋轉。

「沒事，我還行。」他拍拍胸針，扶著桌椅站起身。朦朧之中，他忽然覺得喉嚨乾燥，渾身疲軟又燥熱，讓他覺得很不舒服。

吸血鬼的本能在體內叫囂，可他的靈魂在抗拒。一旦吸血，就等於變相承認自己不是人了，伊凡還沒準備好踏出那一步。

可如今他身邊的人有危險，已經顧不得那麼多了，就算喝到想吐也得吞下去。伊凡咬了咬牙，下定決心走向門口。

伊凡打算吩咐僕人弄點動物血來，可剛踏出一步，門外便傳來敲門聲。

了。

「進來吧。」

聽見餐車的滾輪聲，伊凡心頭一喜，他們的管家真是太可靠了，他都還沒開口，食物就送進來了。

他轉過身，正想仔細瞧瞧廚房準備了什麼吃的，可一看到站在餐車旁的人瞬間愣住。

只見奧斯曼王國的明日之星換了身裝扮，穿著寬鬆的白色襯衫與棕色長褲，赤腳踩在酒紅色的地毯上，他的髮絲泛著一絲溼意，白皙的皮膚透著誘人的粉色，線條優美的脖頸毫無防備地展露在伊凡面前，讓伊凡忍不住吞了口口水。

看見聖騎士微微上揚的嘴角，伊凡感覺自己被看透了，略帶窘迫地別開眼。

「怎麼突然換了衣服？」

「不喜歡嗎？」

「沒說不喜歡……」伊凡弱弱地回應，這要他怎麼回答？

餐車上放了一支紅酒、精緻的小點心與開胃料理，其中一杯酒盛滿了酒液，另一杯則是空的。至於主菜呢，當然就是旁邊的活人了，伊凡從未經歷過這種場面，頓時備感尷尬。

「要喝一點嗎？霍管家剛剛強烈推薦這支紅酒，還叫我一定要喝喝看。」尤里西斯倒是表現得比他自在多了，他主動開啟話題，還幫伊凡倒了杯酒。

「別喝那個！」

「嗯？」

「那、那個氣味不太對，最好別喝。」吸血鬼敏銳的嗅覺讓伊凡嗅到一絲藥草氣味，直覺告訴他這杯酒肯定被加了料，不管怎樣，肯定不是什麼好東西。

「那喝點別的東西？」尤里西斯踏著輕盈的步伐，一步步逼近伊凡。他的唇邊泛著笑意，身上帶點說不出來的侵略性，讓伊凡忍不住後退一步。

「你……」伊凡本想再後退一步，但是他的後腰碰到了尤里西斯的手。聖騎士的手虛虛地搭在他身後，堵住了他的退路。

「你不是說過，我是你的專屬血奴嗎？」尤里西斯的嗓音低沈，卑微的語氣中，帶一點誘惑的意味。他單手解開一顆釦子，微微敞開衣領。「我已經準備好了。」

伊凡手足無措地仰頭看向他，鼻腔竄入一抹草本香氣，這股香氣混雜著沐浴後的潮溼氣味，聞起來熟悉而惑人，讓他稍稍卸下心防。

是他喜歡的迷迭香。

興許是餓太久了，伊凡忍不住湊到聖騎士的脖頸旁，貪婪地吸了一口氣。

「別怕，輕輕咬一口而已。」

「我沒有怕。」伊凡哭笑不得，頓時覺得立場反過來了。「再說了，我也沒有這麼餓，根本不需要——」

話音未落，飢餓的咕嚕聲不爭氣地從他肚子響起。

「……」

尤里西斯噗哧一笑，這個反應讓吸血鬼惱羞成怒地握拳，輕輕敲了下他的胸膛，狠狠瞪著他。

「我的血營養價值很高，」尤里西斯改變策略，好聲好氣地跟伊凡溝通。「為了即將出生的弟弟，做哥哥的就忍耐一下，好嗎？」

聽到關鍵詞，伊凡一語不發，當真找不出藉口了。他深吸一口氣，雙手猶豫地放到尤里西斯的背後。

「我咬人可是很、很痛的，你可不要後悔……」

「絕不會。」尤里西斯溫柔而堅定地回應。

伊凡胡亂地點了點頭，硬著頭皮湊到聖騎士的頸側，可鼻尖一碰到對方濡溼的髮梢，又微微縮了回去。

伊凡腦袋一片空白，都到這地步了，他才發覺到一些之前不曾想過的問題。

他會不會咬到他的頸動脈啊？萬一啃到骨頭怎麼辦？萬一咬下去，尤里西斯失血過多而死怎麼辦？？

「怎麼了？」

「你有沒有想被咬的地方？」

「……」

「咳，我是說，我要咬了。」

尤里西斯忍不住屏息，「請。」

伊凡緊緊揪住尤里西斯的衣服，雙唇試探性地在對方的脖頸上連連輕觸。

他太過緊張，沒注意到聖騎士逐漸僵硬的身體。吸血鬼哥哥專心地尋找最適合下口的地方，試探半天後好不容易才挑到一處。

他深吸一口氣，抱著豁出去的心態，張口咬住獵物的脖頸。

然後就沒有然後了。

伊凡：「……」

尤里西斯：「……」

伊凡感覺自己好像咬到一塊特別硬的肉乾，明明咬住了，但就是咬不下去。他加深了啃咬的力道，可嘴裡依然沒嘗到一絲鐵鏽味。這讓他尷尬極了，原作可沒說主角這麼皮糙肉厚啊！

一個是第一次被咬的人類，一個是第一次咬人的吸血鬼，誰都沒有吸血經驗，只能就這樣僵在原地。

「咬用力一點。」尤里西斯的語氣悶悶的，聽不出來是什麼心情。「然後要記得吸。」

聽到這番回饋，伊凡更尷尬了，他剛剛確實只是單純咬下去，完全沒有吸吮的動作。

「唔……」伊凡咬得更深，可依然笨拙得像隻溺水的鴨子，又咬又吸，就是沒把血吸出來，嘗試一番後欲哭無淚地宣告投降。

他咬得嘴巴都痠了，可尤里西斯的脖頸只留下鮮明的牙印和色澤曖昧的痕跡，除此之外，什麼也沒有。

「你怎麼……怎麼這麼難咬？平時有在鍛鍊肩頸嗎？」

尤里西斯噗哧一笑，輕撫著吸血鬼的背脊，用低沉溫和的嗓音回答：「因為你在害怕。」

「啊？被咬的人可是你，我怕什麼？我有什麼好怕的？」

「你怕我痛，所以不敢用力，當你的尖牙快要在我肩上戳出一個傷口時，你會臨陣退縮。」

伊凡愣了愣，他張口想解釋，卻發現一個字也說不出來。

他微微往後退，目光落到自己的手腕上。

那一刻，他彷彿回到過去，看到那隻布滿針頭的纖細手腕。

那樣的疼痛，就連大人也難以忍受。但為了不讓周遭的人擔心，他從未喊過痛，但他心底比誰都清楚被尖細的異物刺入皮膚的痛楚。

他的目光挪回尤里的肩頭上，神情恍惚地喃喃：「怎麼可能不痛呢？」

「就算痛，那也只是一瞬，疼痛終究會過去。」

聽見對方的答案，伊凡與尤里西斯四目相對，從那澄澈而透明的蔚藍眼眸中，他看見了自己的倒影。

「再試一次吧，不需要猶豫，不會有事的。」

語畢，尤里西斯伸手放到他的後腦勺，將他按到自己的頸窩上。

伊凡窩在聖騎士懷裡。

明明踏入陽光中便會死去，但此刻他卻有種沐浴在陽光中重生的感覺。

他重新環抱住聖騎士，雙唇輕觸在白皙的脖頸上落下一個吻，暗示自己即將咬這個地方。

這一次伊凡不再猶豫，他深吸一口氣，張口朝聖騎士的脖頸咬下去。

一股苦澀與甘甜交織的滋味刺激了他的味蕾。

彷彿一個在沙漠中渴了很久的旅人，終於迎來天降甘霖。這股滋味令伊凡心醉神迷，他從未想過血液可以如此可口，流淌在體內的血液是最新鮮美味的，這股又苦又甜的滋味宛若濃度完美的黑巧克力，僅嘗一口便令人欲罷不能，讓他發出滿足的嘆息。

被他咬住的獵物輕撫他的頭，這份無聲的鼓勵讓他更加肆無忌憚地吸吮啃咬，相較於其他優雅進食的吸血鬼，他的動作顯得笨拙而狼狽，但聖騎士不介意，他一手放在吸血鬼的後腦勺，另一手的掌心覆在伊凡背上，從背脊一路撫到腰間。

儘管這股力量流淌至全身的感覺令他欲罷不能，但伊凡仍沒有丟失理智，在吸吮一陣後便微微鬆口，在滲血的傷口上輕輕舔拭，不浪費每一滴滲出來的血液。

他太過專心，以至於沒注意到獵物逐漸僵硬的身軀。當尤里西斯後退一步時，他下意識地再度貼上去。

這麼美味的血就這麼放著不管太浪費了，既然都流出來了，一滴也不能放過。

伊凡像隻八爪章魚一樣纏上去，尤里西斯卻按住他的雙肩，制止他向前一步。

「伊凡。」聖騎士緊抓著他，聲音莫名有些緊張。「先這樣吧，改天再給你。」

聽到改天這個詞，伊凡頓時感到有些惱怒，好像一頓美味的料理吃到最後一口時被人端走盤子一般令人惱怒。

「我又沒有要咬，我只是不想讓這些流出來的血浪費而已。」他賭氣似地硬是抱住尤里西斯，不給他任何逃跑的空間。

幾乎是同一時間，在他撲上去準備舔下去時，下身感覺到某個硬硬的觸感。

他本不想在意，但那硬物剛好頂到他的敏感部位，一絲微妙的快感猛然竄上頭皮，讓他瞬間腦袋空白。

伊凡嚇得僵在原地，偏偏他的獵物也跟著僵住不動，讓他更清晰地感受到對方下身的變化。

由於存在感太過強烈，伊凡感覺全身血液上湧，耳根熱得不得了，吸血什麼的也全被他拋到腦後。

「那、那個……」是他想的那樣嗎？伊凡想問又不敢問，也不敢往下看。

「都說了，改天再給你。」尤里西斯與他重新拉開距離，語氣既無奈又窘迫，臉頰也泛著一絲緋紅。

「啊，嗯，好。」伊凡又後退兩步，目光緊盯著讀了三百遍的史書。

想到尤里西斯剛剛已經制止了，他還硬要湊上去，伊凡就尷尬到想躲進棉被裡。話說，尤里西斯不是男性向後宮小說的男主角嗎？為何會有這種反應？到底是鐵樹開花，還是鐵樹穿到平行世界了？他看的小說該不會是假的吧？

「浴、浴浴室在隔壁，你要不要……」

「不用，過一陣就好了。」

「你確定嗎？感覺很……很……」

「感覺很怎樣？」

「你自己知道，不要問我！」

「你不要躲那麼遠，我不會吃了你。」

「我沒有刻意躲遠，我只是在消化血液，突然湧上那麼多魔力，我有點消化不過來，正在努力將魔力分配到全身還有結界上，你不要跟我說話，我要強化結界。」

伊凡背對著聖騎士，努力將全副心神放到薄弱的幻影結界上。他聽到尤里西斯在他身後發出一絲輕笑，感到既窘迫又惱怒。明明該尷尬的是尤里西斯才對，結果怎麼反而是他尷尬了。

伊凡攤開雙手，快速喃喃著迷霧結界之咒，此刻他精神百倍、身輕如燕，魔力從身體源源不絕地湧出，他活到現在，感覺從未如此良好過。

光之劍興奮地拉上窗簾，在伊凡身旁召喚出點點星光，蒼白的光芒照亮吸血鬼俊美的側臉與鮮紅的眼瞳，讓身旁的聖騎士看得目不轉睛。

「這一次誰也不會死，等著瞧。」伊凡凝望向遠方，自信地笑了。

Chapter.10 最強的治癒魔法

月亮高掛天空，在靜謐的神殿長廊上，賈克森不耐煩地來回踱步。

「那傢伙瘋了嗎？真想放棄一切？」

賈克森一直認為那天晚上尤里西斯不過是一時無法接受，在跟他賭氣。可如今過了半個月，尤里西斯依然沒有回來。他就像人間蒸發一樣，音訊全無，還請了三個月的長假。

等他回來，吸血鬼女王不但生了孩子，連月子都做完了，賈克森哪可能等到那時候。

然而沒有尤里西斯，他的計畫可謂寸步難行。聖騎士們聽到他想出征艾路狄家，紛紛露出猶豫或遲疑的表情，因為他們堅強而可靠的副騎士長不在，沒人有信心能擊倒艾路狄家。神殿的樞機們雖然表達支持，但也建議他把尤里西斯找回來再出發。就連陛下也反對出征，甚至從中阻撓。人人都在講尤里西斯，好像沒有尤里西斯，什麼都做不到一樣，明明他才是聖騎士長。說白了，就是沒人相信瘸腿的他能完成這個艱難的任務。

這讓賈克森火冒三丈，內心的焦躁感猶如藤蔓一樣緊緊纏著他的心臟，一天比一天難熬。

他就是擔心遇到這個局面，才會在邊境屠龍回來後立刻請長假，他悉心提攜的徒弟不論實力或在團隊中的影響力都已經超越他，而他自己已達退休年齡，早該卸任了。在歷任的聖騎士長中，很少有人像他這麼高齡的。

以往他還能仗著強悍的實力證明自己在團隊中的價值，可現在就連唯一的價值也沒了，更可悲的是，這條命還是尤里西斯救的。

人們同情的眼神如針一樣紮進他的心，不論什麼話都讓他覺得刺耳，尤里西斯彷彿是這世界的主角，任憑他如何掙扎，終究只是襯托主角的配角。

早該在屠龍回來時就交接給尤里西斯的。風光退休總比苟延殘喘好，可他就是放不下。

「賈克森騎士長！」

聽聞這聲急切的叫喚，賈克森回過頭。

一名相貌平凡、身著白袍的神職人員，站在月光無法觸及的陰暗處，擔憂地看著他。

「需要幫忙嗎？我、我聽說了，討伐艾路狄家族的計畫進行得不是很順利……」

「這不是你該擔心的。」賈克森神色一沉，語氣驟然森冷起來。

「我只是希望能盡一份心力，」神職人員握緊拳頭，忿忿不平地說：「我不明白，為什麼沒有尤里西斯事情就無法進行了。」

這句話刺痛了賈克森的心，他皺起眉頭回應：「別說了。」

「本來就是啊！您擔任聖騎士長數十年，幾乎什麼怪物都討伐過，指揮作戰的經驗也豐富，為什麼那傢伙一不在，大家就認為做不到了？」

「因為我們需要尤里的戰力。那位吸血鬼女王在數百年前同時擊退了當代聖女與聖騎士長，沒有尤里，我們這仗會打得很艱難。」

「但要是錯過這次機會，說不定這輩子就再也等不到了。」神職人員語帶悲傷地說：「就這樣退休，您甘心嗎？」

您甘心嗎？

……

怎麼可能甘心。

他也曾經被譽為太陽神的愛徒、奧斯曼王國的明日之星，他也曾收獲無數掌聲與憧憬的眼神，他與那些成功晉升貴族後就閃辭的聖騎士不一樣，他拒絕榮華富貴，一生奉獻給神殿，像他這樣的人應該留名青史才對。

「在我看來，打敗吸血鬼的關鍵不是尤里西斯，而是您。」神職人員上前一步，表情狀似十分懇切。

賈克森盯著對方的表情，內心有所動搖。

原先隱忍的不甘在這一瞬間被無限放大，他感到無限的屈辱與不甘，雖然內心有個聲音告訴自己應該客觀地分析出征的必要性，但強烈的負面情感很快就將這些聲音蓋過。

「你說的對。」賈克森目光空洞地低聲喃喃。「那個小子還不成氣候……可是如果沒有他……神殿就沒有未來了。」

儘管嫉妒與怒火幾乎吞噬了他的理智，可尤里西斯那雙明亮的眼睛仍清晰地印在他心底。

如果與艾路狄家為敵，他就必須親手摧毀這個孩子。儘管他在職多年，見過許多骯髒事，但至少還有尤里西斯讓他相信這世上仍有人抱持善意。

神職人員嘴角微微上揚，拋出了惡魔般的話語：「究竟是您的未來重要？還是神殿的未來重要呢？」

賈克森沉默不語。

「哪個比較重要？這還需要比嗎？沒有什麼比我弟弟平安降生更重要。」

在遙遠的森林一隅，一名吸血鬼沐浴在陽光下，露出淺淺的微笑。

刺骨的寒風融進森森白霧中，風中飄散的落葉凍結一層霜，宛若飛雪般在陽光下閃爍著耀眼的光芒。

在吸血鬼的召喚下，冬之神短暫降臨艾路狄領地的邊境，任何接近迷霧的人，都會感受到一股彷佛要將身心凍結的寒氣。

對迷途的旅人來說，沒有什麼比失溫更可怕，而那些來不及準備過冬的小動物們，正圍繞在一名高大的金髮男子身旁。男子拎著一袋松果，仔細地將松果分給每一個有需要的家庭。

「說過了，你的安危也很重要，這裡交給我來看守，你回去陪伴伊若娜夫人生產。」尤里西斯親手將幾顆榛果交給一隻不怕生的松鼠爸爸。他瞄了某位補充魔力後，變得天不怕地不怕的吸血鬼，眉頭緊蹙。

在聽聞吸血鬼女王破了羊水，準備生產後，伊凡匆匆地跑去關心了一下，便帶著尤里西斯出來巡視領地。

一路上，伊凡一直喃喃念著要加強結界，原先已經很牢固的結界在伊凡的強化下，多了一絲嚴寒氣息。這是只有身為半吸血鬼的伊凡才做得到的事，如今就連狼群也不敢輕易涉足艾路狄領地，野狼們敏銳的直覺能感覺到這裡的主人不歡迎牠們。

「我是艾路狄家的代理領主，守護領地是我最重要的職責。」伊凡仔細地檢查結界有無缺漏，因為原作伊凡落敗的其中一個主要原因，便是迷霧結界被攻破。

如今尤里西斯被他拐過來了、迷霧結界大幅強化，光之劍也落入他掌心。就算聖騎士團攻來，伊凡也有把握能在第一時間擋下。

他警戒了大半個月，派好多人去打聽聖騎士何時出兵，可這些太陽信徒似乎沒了尤里西斯便群龍無首，就算賈克森極力主張要出征艾路狄家，眾人也頂多口頭響應，沒人真的想行動。

「你那群聖騎士同事是不是不太可靠？沒了你，他們好像什麼都做不了。」想到聖騎士們頹廢的舉止，伊凡忍不住開口調侃。

尤里西斯的嘴角微微上揚。

「在休假前，我有交代我的搭擋在我休假期間，不要隨便亂執行任務。有大事，等我回來再做決策。」

未來的副聖騎士長跟他是同一期被選上的聖騎士，兩人有多年交情，情比金堅，不是賈克森可以干涉的。

尤里西斯跟賈克森的處事風格也大不相同，賈克森主張榮譽以為優先，視戰死為榮耀，可尤里西斯比起勝利，更在乎隊友的安危，所以這幾年下來，聖騎士們的忠誠心早已從賈克森轉移到尤里西斯身上。

「你好像比我想像的更有心機？」伊凡朝他走近幾步，仔細端詳著他的表情。

尤里西斯立刻斂起笑容，擺出招牌正經表情說，「沒有吧，這只是為團體考量才做的決策。」

「真的嗎？你真的沒有耍什麼心機？不然爸爸媽媽為何都莫名其妙地站在你這邊？短短幾天，連霍管家也被你收服了。」

「也許是我態度誠懇？」

「真正誠懇的人不會說自己誠懇。」伊凡沒好氣地說。

話音剛落，身前的聖騎士忍俊不禁。看見他的笑容，伊凡也忍不住笑了。

他有點後悔自己沒有早點認識尤里西斯，他還以為這個人就是個悶葫蘆，想不到私下挺有趣，會一本正經地做出搞笑的事，也不如他想像中那般沉默寡言。

這似乎才是真正的尤里西斯。伊凡心想。

若沒有遇到那些悲劇，尤里西斯本該是個有趣的青年。是個會令周遭的人不由自主喜歡上他，讓人心生好感的人。

「伊凡？」尤里西斯見他有點恍神，主動上前一步，神情滿是對他的關心。「怎麼了？有入侵者？

還是需要補魔了？」

「沒、沒事。」伊凡不好意思坦承自己看尤里西斯看到入神，他低頭摸摸鼻子，這才意識到兩人的距離好像有點近，「我——」

「呀啊啊啊啊！」忽然，一聲淒厲的叫喊從村莊那邊傳來。

兩人的神色猛然一變，尤里西斯二話不說，吹口哨呼喚斑斑，伊凡則發出無聲音波，警告周遭的蝙蝠。

「快上來！」尤里西斯拉住伊凡的手，一把將他側拉上馬。

伊凡感到無比慌張。怎麼回事？結界好好的，神殿也沒有要出征，照理來講不可能有事，他已經排除了所有旗標，關鍵道具跟關鍵角色都在他這邊了不是嗎？

他努力思索究竟有哪個環節遺漏還是做錯了，所幸這裡離艾路狄領地的人類村莊不遠，不出幾分鐘他們便趕到現場。

只見居民們倒臥在地上，有些人暈了過去，有些人則身上掛彩，躺臥在地上哀號。他們圍繞在一處民宅旁，臉上淨是絕望的表情。

一名身著斗篷的壯漢站在民宅大門前，背對著伊凡等人，身上帶著凜然的殺氣，手上的長劍也沾滿血跡。

「拜託您住手，賈克森大人！不要傷害他！」貝莉安死死擋在門口，她臉色慘白，說什麼也不肯離開，只能緊抓著眼前的男人苦苦哀求。「托姆只是奉命照顧這座村莊的人，他人很好，沒有傷害過任何人，拜託您不要這樣！」

「快閃開，貝莉安。」賈克森冷冷地凝視著躲在屋內瑟瑟發抖的吸血鬼。「這群怪物只是把你們當牲畜飼養而已，不要被眼前的假象騙了。」

賈克森將她推到旁邊，邁步走進屋內，一把抓住了托姆的頭髮。

「啊啊啊！」托姆哪是聖騎士長的對手，光是接近那把釋放聖光的劍，便痛苦地發出哀鳴。

「不要！」貝莉安見吸血鬼就要被拖出去，哭著抱住賈克森的手：「拜託您住手！在我來到這裡後，托姆一直很照顧我，不要把他拖出去，太陽還沒下山啊，他會死的！」

「好、好了，貝莉安，為了艾路狄一家，我甘願犧牲。」說是這麼說，但托姆已經被嚇到三魂七魄都飛了出去，眼淚都要掉下來了。「妳不要再靠近他了，那傢伙跟尤里西斯不同，好嚇人。」

見兩人拉拉扯扯的樣子，賈克森臉冒青筋，將托姆跟貝莉安甩到一旁。

「貝莉安！」

忽然，一股凜銳的劍氣猛然從他身後襲來，賈克森敏銳地轉過身，一手凝結出光之盾，一手持劍將劍氣挑到一旁。

「好大的膽子，居然敢對我的領民動手。」一個飽含慍怒的低沉嗓音傳來，只見艾路狄的繼承人怒不可遏地站在他面前，身旁圍繞著森森霧氣。

那名被拐走的便宜徒弟則對他持劍相向，那個陌生的眼神說明了一切。賈克森環顧一圈，昔日守護的對象沒有一個站在他這邊，讓他感到相當心寒，但無所謂了。

「領民？把無知的人們眷養在這個窮鄉僻壤，還敢自稱領主。」

「這個窮鄉僻壤可以吃好穿暖，還有免費的醫生可以看，哪裡不好了？」伊凡被他氣笑了。

「哪裡好了？一輩子待在這裡默默無名、為他人賣命奔波，這樣的日子跟地獄有什麼兩樣？你知道你拐來的女孩原本該過上榮華富貴的人生嗎？你知道你身旁那位本來是萬人矚目的英雄嗎？掠奪別人光彩的人生，有意思嗎？」賈克森像是被踩著尾巴的獅子，他的語速極快，讓人完全找不到插話的空檔。

賈克森高舉長劍，他的長劍像是一顆小太陽，散發炙熱而耀眼的光芒，被困在房裡的托姆首當其衝，痛苦得抱頭長嚎，身上出現燒灼一般的痕跡。伊凡也難受地退了幾步，渾身燙得彷彿被丟進了溫泉。

尤里西斯一把將披風蓋到伊凡身上，主動向前擋住聖光，貝莉安也用被子蓋住托姆，整個人撲到托姆身上，看見兄妹倆如此有默契，賈克森更是怒不可遏。

「你們兩個白痴！一個個腦袋都壞掉了是不是！一個不肯嫁給貴族、一個放棄當聖騎士長，你以為有多少人能像你們一樣，遇到這種翻身機會啊！」

劍鋒一閃，幾道黃金鋒芒朝尤里西斯襲去，但被青年迅如閃電的劍擊擋下。

「我才不稀罕那種機會！」貝莉安氣憤地駁斥，她抓起椅子，一把朝賈克森扔過去。

這一舉果然有效，賈克森為了避開攻擊，終於遠離門口了，尤里西斯趁機衝上去，與昔日師長酣戰起來。

「我只做我認為對的事。」青年聖騎士的語氣一如既往地固執。

然而，他這番話得到更加猛烈的回擊，老聖騎士長還發了瘋似的不斷怒吼：「這是錯的！這是錯的！這是錯的！！！」

金黃色的聖光化為無數凜銳的光刃四散開來，尤里西斯將襲向伊凡的光刃全數擋下，這一舉讓賈克森捉到他的軟肋，他的雙眼泛著血絲，一個箭步朝伊凡飛奔過去。

伊凡剛被聖光閃瞎，還處在視線模糊不清的狀態，他聽到尤里西斯的叫喊，愣愣地轉過頭，壓根沒注意到危險逼近。

「鏘」一聲，一道清脆的刀劍相撞聲在他耳邊響起。

賈克森難以置信地瞪著這把突然冒出來的長劍。

光之劍發出嗡嗡嗡的聲響，瑩白如玉的劍身橫擋住賈克森的長劍，為了把老騎士長的劍反彈回去，用力到渾身顫抖。

「做得好！」尤里西斯喜出望外，原先看光之劍很不順眼的他立即衝上去，一把握住光之劍的劍柄，擊退了賈克森。

「這什麼東西？難不成……」賈克森不敢相信自己眼前所見，身為資深太陽信徒的他當然聽說過光之劍的傳說，可光之劍居然真的存在？還有它為何會為吸血鬼擋下攻擊？

論劍技，光之劍不如賈克森，論攻擊威力，尤里西斯不如賈克森，現在光之劍跟尤里西斯聯手了，一人一劍如虎添翼，賈克森被逼得節節敗退，周遭的居民也連連叫好。

伊凡漸漸回過神，感到心有餘悸，要不是光之劍替他擋了一劍，恐怕他連怎麼死的都不知道。

賈克森根本不是持有光之劍的尤里西斯的對手，落敗是遲早的事。只是伊凡很疑惑老聖騎士是怎麼進來的，若有人踏入迷霧結界，迷霧的施法者會有所感應，可他沒感應到這位不速之客。

再者，賈克森行事也太為莽撞了，原作裡的艾路狄家被聖騎士團攻占時，賈克森根本不在現場，直到騎士長交接典禮才出現，怎麼這個賈克森即使身陷絕境也要殺死他？腦袋壞掉了？

「老師，我不想與你為敵，請你收手吧，現在還來得及。」

「年輕人，你是不是太小看我了？」賈克森抹去唇邊的血，露出淒然的笑。「你習慣凡事都當主角了是吧？這個世界可不是圍著你轉的！」

賈克森將剩餘的魔力灌進長劍，但這點聖光量在光之劍的面前根本不值一提，尤里西斯咬了咬牙，狠下心朝昔日師長重砍下去。

噗哧一聲，鮮血噴湧而出。

尤里西斯的劍鋒停在賈克森的脖頸前。向來戰無不勝的聖騎士青年瞪圓雙眼，顫抖著雙手，僵在原地。

沒有碰到。

他的劍還沒碰到賈克森，旁邊卻早他一步傳出劍刺入身體的聲音。

那一刻，時間彷彿停止了，心臟瘋狂亂跳，世界彷彿在旋轉。尤里西斯僵著神情，緩緩將目光挪到伊凡身上。

只見一把匕首穿透吸血鬼青年的心臟，鮮血迅速從他胸口蔓延開來。

一名偽裝成商人的年輕人類女子站在伊凡身後，拔出匕首。她哭得泣不成聲，神色比在場任何人都來得驚懼。

「對不起，對不起！是他逼我的！只有這樣我才能活下去，對不起、對不起……」

伊凡倒臥在血泊中，視野逐漸渙散。

不要道歉。

他無聲地喃喃。

雖然他不會為了活下去這麼做，但他比誰都理解想活下去的心情。

他也曾竭盡全力地活下去，只是失敗了。

有點遺憾的是，這次他沒有打贏反派。上一世的他明明成功打贏了反派，這次卻被反派將了一軍，太可惜了。

但尤里西斯站在他這邊了，那傢伙是個好人，應該會守護好他那即將出生的弟弟，還有他的爸爸媽、阿德曼以及艾路狄領地的居民。

在意識墜入深淵之際，伊凡聽見尤里西斯顫抖的嗓音。

「……不論多少都給你，不要死——」

◆

一片朦朧中，伊凡感覺自己躺在一個溫暖的懷抱裡。一股安心感湧遍全身，他感覺自己像個待在母親肚子裡的胎兒。

「你說你叫江一帆？」

聽到這聲溫柔的呼喚，伊凡睜開眼睛，卻發現自己沒有眼睛，此刻見到的所有一切都是他感受到的，他只是一顆小光球，被人捧在手中的小光球。

「好名字，那個人最鍾愛的孩子也叫伊凡。但他們都不在了……」

小光球閃爍著光芒，蹭了蹭男子的胸口，他能感受到一股隱忍的悲傷。

「你在安慰我嗎？謝謝你。」男子的臉頰貼在小光球身上，他輕輕嘆息一聲，一滴眼淚滑過他的臉頰，落到江一帆身上。

眼淚融入光團中，溫暖而悲傷的情感充斥全身，江一帆想到早已不在的爸爸媽媽，頓時也想哭了。

「抱歉，孩子，我的魔法可以治癒萬物，唯獨沒辦法治癒內心傷痛。」男子拂去小光球上冒出的眼淚。「要是有這樣的魔法就好了。」

治癒內心傷痛的魔法？

「有的。」吸收眼淚的小光球獲得了開口說話的能力。

男子驚訝了一下，趕緊道：「可以教我嗎？」

江一帆上下彈跳代替點頭，他想到父母賜予他的最後一個魔法，原先的傷心逐漸消散了。

「我愛你。」

「……嗯？」

「我愛你。」一帆認認真真地重複一次。「爸爸媽媽教我的魔法，治癒內心傷痛的魔法。」

只要擁有這句話，他就有勇氣面對大大小小的手術，一次又一次地撐過痛苦的化療。即使再也見不到面，他也能憑這句話活下去。

「他們說愛我，我也愛他們。」

這份愛跨越億萬光年，刻骨銘心地融入一帆的靈魂中。而現在，江一帆要將這個魔法分享給其他人。

「我愛你……？」男子失神地喃喃了好幾次，這句輕飄飄的語言越是咀嚼越是深刻。

男子的眉頭逐漸鬆開，嘴角微微上揚，他將額頭貼到了小光球身上。

「這真是個好魔法……我果然沒看錯你，請你拯救這個世界吧。」

「這一次，死亡會遠離你，原先致命的疾病與外傷，也無法對你造成傷害，因為……你是吸血鬼，擁有強悍的治癒力、漫長的壽命，是集萬千寵愛於一身的黑夜種族。」

伊凡緩緩睜開眼睛。

率先映入眼簾的是尤里西斯通紅的雙眼，他被聖騎士摟在懷中，嘴角溢著鮮血。

兩人坐在一匹乳牛色駿馬身上，聖騎士正用盡全力朝宅邸奔馳，他策馬狂奔，生怕慢一秒吸血鬼就會死去。

伊凡很想笑，他想告訴對方自己沒事的，他可是吸血鬼，一般的刀槍根本無法對他造成傷害。

「咳……」伊凡本想開口，卻吐出一口血。

聖騎士的神色一僵，趕緊策馬停下。

「伊凡？你……」尤里西斯的聲音很微弱，生怕一大喊就會傷到他。「你還活著？」

「笨蛋，我是吸……吸血鬼。」伊凡一邊咳一邊笑道，「只有聖、聖光，才能致……致我於死地……」

他只是身體虛弱，導致被捅一刀就暈過去了，不然正常情況下，他能當場把刀拔出來，一把拍飛偷襲者。要是吸血鬼這麼好殺，神殿也不會這麼頭痛了。

伊凡摀住胸口，傷口表面正在逐漸癒合，所幸這陣子他有接受尤里西斯的「餵食」，不然這一刀下去，他大概會躺個七天七夜。

他正想開口，身側的聖騎士卻突然將他抱緊緊，害他差點一個不穩，從馬上摔下來。

「你幹什麼！」

「我以為你死了。」

尤里西斯埋在他的頸窩，聲音悶悶的，聽不出情緒，但伊凡能感受到脖頸傳來一絲溼意。

「如果你死了，我……」

伊凡深怕他會變成原作那個復仇狂魔尤里西斯，連忙拍拍他的頭。

「我沒事，別想了。」伊凡舔去唇邊的血漬，他只要喝點血進補，過幾天就會恢復了。「賈克森呢？還有那個襲擊我的女性……」

「在你倒下後，老師立即帶著那個女的逃出領地了。」尤里西斯的語氣備感複雜。「他已經不是我認識的老師了。」

「光之劍呢？」

「光之劍在你的迷霧結界消失後，留在原地建立了個光之結界。」

伊凡若有所思，方才失去意識時，他找回了穿越前的記憶。若他沒猜錯，夢中那名男子應該是這個世界的太陽之神，這樣便能解釋光之劍為何選擇他了。

雖然伊凡不知道原本的世界怎麼了，但既然神要他拯救世界，看在原作伊凡的份上，他會努力的。他還想要體會這個世界的陽光、見識更多美麗的自然景觀、享受新家人伴隨在身旁的生活。

忽然，遠方傳來響亮的啼哭聲。

兩人面面相覷，他們一起看向宅邸，聲音正是從那裡傳來的。

「快、快點……」他拉了拉尤里西斯的衣角，語氣開始緊張起來。

尤里西斯點點頭，立即策馬狂奔。

縱然迷霧盡數散去，可神聖的光芒照亮整個領地，光之神的庇祐充斥於森林的每個角落，不論待在何處，都能感到一絲暖意。在艾路狄領地之外，所有觀測到光之結界的人們都瞠目結舌、議論紛紛。沒人理解為何太陽神的恩澤會出現在一個吸血鬼領地。

擁有太陽神祝福的吸血鬼回到家門前，他帶著滿身血跡，跌跌撞撞地奔向吸血鬼女王的臥房。

魔力正源源不絕地湧入心臟，修復他的傷口，這一次，再也沒有任何疾病與苦痛能拖累他的腳步，曾經覺得刺耳的啼哭聲如今也變得悅耳無比。

伊凡感覺已然停止跳動的心臟在鼓動，他用力吸了幾口氣，一把推開女王陛下的房門。

「哇啊啊——」

一名有著兩顆小小尖牙的嬰孩正窩在母親懷中，揮舞著柔嫩的小手，發出響亮的啼哭聲。

以往再怎麼心酸，伊凡都會忍住不哭。他擅長隱藏悲傷的情緒，不論再怎麼痛苦，都能以笑面對。可就是這麼一個畫面，讓他再也忍不住。

看著弟弟哇哇大哭的模樣，伊凡感覺往日的心酸有了宣洩口，他感到眼眶酸澀，一下子就被淚水模糊了視線。

他邁開腳步，狼狽地跪倒在母親身前，像個孩子般大哭出聲。

「伊凡？伊凡！你怎麼了？怎麼這副狼狽模樣？」伊若娜騰出一手，慌張地搖了搖他的肩膀。

「你受傷了嗎？快讓爸爸看看！」萊特趕緊將哭得泣不成聲的兒子扶了起來。

伊凡抱住他的爸爸媽媽還有弟弟，顫著泣音，小聲道出一直以來的想說的話：「我好痛。」

「別怕，爸爸有很多曼德拉草可以止痛，等喝了止痛藥，很快就不痛了。」萊特動作輕柔地摸了摸他的頭，語氣像在哄個孩子。

「喝了血很快就會恢復了，你別哭啊，弟弟正看著呢。」說是這麼說，但伊若娜仍將他緊緊抱住。

伊凡盯著他那生得白白胖胖、看起來很健康的弟弟，哭得都打嗝了。

「小笨蛋，怎麼現在才出生。」他一邊罵一邊笑了，「我們等你很久了你知道嗎？你爸爸媽媽還有哥哥一直很期待你的到來，因為我們很愛你，所以迫不及待想跟你見面。」

上一世，他從父母那裡得到了連神明也未能習得的治癒魔法。這一世，他要將這個魔法分享給其他人。

他要帶著滿滿的愛，在這個世界活下去。

Epilogue 尾聲

「結果怎樣？那孩子平安無事吧？」

「是的，兄弟倆都平安無事。」

聽到尤里西斯的回答，國王巴澤爾鬆一口氣。

「平安就好。我等等會派人跟那邊的藥草商人接洽，發生這種事，艾路狄的商人也不想再與神殿合作了吧。」

休假歸來的尤里西斯點點頭，他自己也覺得難以置信，他那向來光明正大的老師居然會做出這種事。

「萊特殿下很生氣，當下就斷了與神殿的所有貿易。」

那一天，在伊凡的弟弟出生後，萊特立即為伊凡治療並展開調查，原來賈克森是在一名年輕女子的協助下，趁著艾路狄的藥草商人去神殿進貨時，將對方打暈丟到路邊，喬裝成藥草商人，駕著馬車潛入村莊。事跡敗露後，賈克森與那名女子便不知去向。根據目擊者描述，眾人發現女子的特徵與先前在街上被吸血鬼擄走的失蹤女子特徵吻合。

尤里西斯回到神殿著手收拾賈克森留下的爛攤子，早就從他口中得知二王子下落的巴澤爾一聽到他結束休假，立即將他召來城堡，上上下下地打聽一番，在確認艾路狄家喜迎第二子後，巴澤爾欣慰地笑了。

「我弟弟還有那兩個姪子都拜託你了。」

想到艾路狄一家，尤里西斯的神色變得柔軟。「那是當然的。」

雖然他有點想把貝莉安接回來，但看在伊凡的份上先算了。那個叫托姆的吸血鬼受了重傷，萊特殿下表示至少要臥床半個月，他可以趁機說服貝莉安遠離那個窩囊吸血鬼。

現在，他很想前往艾路狄領地。他愛的人都在那裡。

「陛下，萊特殿下託我送了個禮物過來。」尤里西斯朝門口的僕從點了點頭。

僕從心神領會，立即抱起一旁的大花盆走上前來。

巴澤爾的表情有點疑惑，他看著翠綠的肥碩綠葉，過往種種回憶湧上心頭。他還記得弟弟拉著他的手，帶他穿梭在花園裡的樣子。兩人瞞著大人偷偷爬樹，一不小心雙雙從樹上摔下來，弄得灰頭土臉，還被大人罵了一番。

記憶不曾隨著時間褪色，巴澤爾始終記得當時萊特的笑容有多燦爛。

儘管兩人說好誰當上國王都沒關係，可他們倆以外的所有人都有關係，上至貴族神殿，下至平民百姓，所有人都擅自拿兩人進行比較，逼他們把彼此當成競爭對手。兄弟倆也因此漸行漸遠，不再如以前那般親密。

在萊特失蹤後，巴澤爾一直很懊悔。他認為是自己逼走了弟弟，不然像弟弟那麼聰明的人，怎可能會被吸血鬼女王擄走。

可看到這株健康的曼德拉草，巴澤爾釋懷了。

萊特只是選擇了自己想要的人生。

他花費二十年，向世人證明了曼德拉草不是只會在屍體上發芽的不祥植物。在過去，曼德拉草被視為傳說中的藥材，也因此止痛藥成為只有王公貴族才能使用的藥物。可如今曼德拉草的產量大幅提升，上至貴族，下至窮人都有機會使用以這個植物磨成的藥材。

二王子沒有將他的研究成果公諸於世，他不求功名也不求理解，從以前到現在都是如此。

「我從未看過這麼大的曼德拉草。」巴澤爾摸了摸葉子，忍不住讚嘆，曼德拉草的葉子就像動物的耳朵，被摸了還會抖，讓他覺得很有趣。

「萊特殿下請您務必體驗一下拔曼德拉草。」

「別了吧，不知情的人會以為我有私生子了。」他怎麼可能不知道曼德拉草的哭聲有多駭人。

「殿下說，這是他精心培育的改良品種，保證不哭。」

這世上還有不哭的曼德拉草？

巴澤爾半信半疑，前陣子街上才發生曼德拉草擾民事件，那時住育幼院附近的人可全被嚇醒了。

可這是他那被稱為天才的弟弟耗費二十年，精心培育出來的改良品種，若真能不哭，他還不統統買下來？

巴澤爾認為自己身為國王，必須親自檢驗民間流傳藥材的危險性，他咳了幾聲，抓住宛若兔子耳朵的粗大葉子。

他神色一凜，一鼓作氣將整串曼德拉草從土裡拔出來。

「啊～～啊～～嗯～～～」

曼德拉草渾身顫抖，發出響徹天際的呻吟聲，這聲音聽來有些痛苦又有點享受，特別像在做某種運動的聲音。

尤里西斯：「……」

巴澤爾：「……」

◆

聽完尤里西斯的慘案，伊凡笑到眼淚都快流出來了，想到自己上次也是丟曼德拉草害慘了尤里西斯，看著尤里西斯無奈的樣子，伊凡真心覺得尤里西斯這輩子跟曼德拉草勢不兩立了。

「我、我要是知道有這種曼德拉草，肯定會提醒你，真的……哈哈哈……」

「確定不是丟給我後自己逃跑？」

「不是逃跑，而是戰術性撤退。」伊凡特地繞到尤里西斯身前，神情有點小得意。「我這不是又出現了嗎？」

尤里西斯深深凝視著那對紅色眼瞳，低低地嗯了一聲。

他的嘴角微微上揚，眼神特別溫柔，雖然他什麼也沒說，但那飽含愛意的眼神讓吸血鬼有點招架不住。

「我的臉上有什麼嗎？」

聖騎士眼中的情感對伊凡來說是陌生的，他暫時無法理解這份情感，只能往另一個方面解讀。

他不理解，但他的胸針好像理解，光之劍閃爍不停，將伊凡往後推了幾步，強迫兩人拉開距離。

伊凡拍了拍胸口，光之劍立即黯淡下來。看著它乖巧的樣子，伊凡實在不忍責備它，光之劍這次幫了大忙。看它忠心耿耿的樣子，伊凡也不忍把它放回月神殿了。

吸血鬼咳了一聲，趕緊開了個新話題。「你之後有什麼打算？」

尤里西斯晃了晃手上的澆花壺，認真地回答：「我打算等等澆完花去幫萊特老爺磨藥粉，然後回去值班。」

「……」

此刻一人一鬼站在二王子悉心打理的藥草園裡，吸血鬼拿著園藝剪刀，聖騎士拿著澆花壺，看上去特別和諧。

「我是說更長遠的打算，人生規畫之類的。」伊凡放下剪刀，略感無奈地解釋。

《吸血鬼帝王》裡的尤里西斯將復仇作為人生目標，可如今貝莉安沒死，尤里西斯復仇的理由也不復存在。這樣的尤里西斯，會活出怎樣的人生呢？

「我打算成為聖騎士長。」尤里西斯毫不猶豫地回答，「然後努力讓人類與吸血鬼和解。」

尤里西斯不想讓賈克森或其他居心不良的人當上聖騎士長，他也希望總有一天，他能帶著伊凡光明正大地在人類城鎮玩耍。

他想帶伊凡參加王城的慶典，帶他去吃自己覺得很好吃的餐廳，還有介紹身邊的人給他認識。他想要牽著伊凡的手，走過生命每一處美好的光景，吸血鬼青年的眼裡充滿了對生命的熱愛，連帶著讓他對生命也充滿了許多美好幻想。

為了達成這個目標，首先要讓人類與吸血鬼和平共處才行。

「是嗎？這個夢想挺不錯的。」

吸血鬼彷彿在他眼中看到同樣美好的未來，跟著露出笑容。

「讓我參與你的夢想吧，因為我也想看到這樣的未來。」

聖騎士的眼裡漾著光，毫不猶豫地握住那隻朝他伸出來的手。

——未完待續

Sidestory 番外

在吸血鬼女王成功產下二胎後，整個艾路狄領地歡欣鼓舞，艾路狄家設宴款待所有領地居民，整個領地從裡到外都洋溢一股喜氣洋洋的氛圍。

伊凡相當喜愛他的新弟弟，這是他第一次見到吸血鬼寶寶。那小小的尖牙、肉呼呼的臉頰、紅寶石般澄澈的雙眼，每一個地方都讓伊凡愛不釋手。

理論上而言，養育吸血鬼寶寶的方式跟人類寶寶差不多，只不過人類寶寶喝的是奶，吸血鬼寶寶喝的是血。為了讓吸血鬼寶寶健康長大，所有領地血奴都比以往更勤快運動，就為了給寶寶喝血。

今天，伊凡也在忙完工作後立刻跑到弟弟的臥室，他抱著自家弟弟，輕聲哼著不成調的曲子。

雖然是個哄寶寶睡覺的歌曲，吸血鬼寶寶卻越聽越興奮，在哥哥懷裡揮舞著雙手，開心地啊啊亂叫。

尤里西斯在一旁默默觀察兄弟倆，嘴角止不住地上揚。

世上怎麼有這麼可愛的吸血鬼。

幾張展翅翱翔的紙白鳥在他身旁盤旋，他伸手取了一隻，放在手中仔細端詳。

伊凡說這個叫紙飛機，雖然他不懂什麼是飛機，但這造型確實挺有意思，也很好折。

紙飛機從他手中輕輕浮起，在吸血鬼兄弟旁翩翩起舞。尤里西斯沉浸在這個如夢似幻的光景中，看得入迷。

伊凡感覺到他的注視，他轉身與聖騎士對上目光，對他露出淺淺的笑容。

「要不要抱抱看？」伊凡抱著孩子走到他身前，眸中漾著如月亮般純淨的光。

尤里西斯愣了一下，「可以嗎？」

這可是吸血鬼領主的寶寶，就算是領主家的朋友也很難看上一眼，可現在，伊凡卻親手把艾路狄家的寶貝遞到他眼前。

帶著一絲辛辣氣味的奶香竄入他的鼻腔，尤里西斯戰戰兢兢地伸出手，從伊凡的手上接過吸血鬼寶寶。

很輕很軟，彷彿羽毛一般，那對圓圓的眼睛裡盛滿了星星，每一顆星星都承載著甜美的夢，讓尤里西斯深陷其中。

「我弟弟很可愛吧？」

「嗯。」尤里西斯點點頭，在吸血鬼寶寶的笑容下敗陣投降。

他是戰無不勝的聖騎士，同時也是最快投降的聖騎士。

「你們取好名字了嗎？」

「還沒有。爸爸跟媽媽本來已經幫他取好名字，但我又想了一個新名字，還在努力說服他們。」

「什麼名字？」

伊凡湊到他耳邊，輕聲道出答案。

尤里西斯感覺像與他分享了一個祕密，他瞇起眼，與伊凡相視而笑。

「這名字很好。」

很可愛，而且跟伊凡很搭，一聽就知道是他弟弟。

「是吧？我會跟爸媽說，你也覺得這名字比較好。」

看著伊凡得意的模樣，尤里西斯的心軟得一蹋糊塗。他小心翼翼地將寶寶還給伊凡。

吸血鬼寶寶似乎有點眷戀他的懷抱，在伊凡抱回去時，還抓住了尤里西斯的食指。

尤里西斯彷彿被施展了石化術，他的手僵在空中，對伊凡投以求救的目光。

「看樣子他很喜歡你呢。」伊凡試著從小吸血鬼手中解救尤里西斯，卻適得其反，吸血鬼寶寶一把將聖騎士的食指拉過來，張口咬住指尖。

一絲疼痛從指尖泛開來，尤里西斯瞪大眼睛，愣愣地看著吸血鬼寶寶津津有味地吸食他的手指。

「喂，那可是我的專屬血奴，」伊凡一本正經地跟吸血鬼寶寶計較起來：「你想要血奴自己找，不可以咬我的。」

尤里西斯情急之下脫口而出：「沒事的，他想吸就給他吸，總比挑食好。」

「你什麼意思？」

伊凡自行對號入座，還瞪了尤里西斯一眼。

「沒什麼，我的意思是我血很多，等你弟弟吸完後，剩下的都給你吸。」尤里西斯忍著笑意安撫。

伊凡沉默不語，要是這時候拒絕，就等於承認自己挑食了。伊凡絕對不承認。

吸血鬼寶寶吃得不多，吸了幾口後便滿足地放開聖騎士的手指，沉沉睡去。

伊凡頂著一張生氣的臉，把小寶寶放回床上。他正準備對自家血奴教育一番，卻不料一轉身，差點撞上尤里西斯的胸膛。

他被聖騎士柔軟的目光捕獲，一時之間竟無法移動分毫。

望著對方笑容燦爛的樣子，伊凡想說的話頓時全吞回了肚子裡，只能被自家血奴按著頭湊到頸側。

「來吧，吸血鬼哥哥，吃飯的時間到了。」

Afterword 後記

大家好，這裡是野生草草泥，很高興這次能跟朧月合作，並帶來新的作品與大家見面！

反派吸血鬼誕生原因也很突然，某天羊駝的天使朋友艾利提議要不要來寫個聖騎士×吸血鬼的CP，羊駝覺得很有趣，於是就寫了。

一帆是羊駝最愛的角色，過去的他是個生命鬥士，雖然重生為吸血鬼，但上輩子的經歷時時刻刻影響他。

他是個很怕痛的孩子，但為了不讓父母擔心，他習慣忍痛並以笑面對，他忍了一輩子，在弟弟出生時才終於壓抑不住，跟如今的父母哭著傾訴自己真實的感想。他熱愛生命也熱愛這個世界，每一刻都在享受人生，對上輩子的他來說，光是下床行走都是種奢侈，如今重生為伊凡，他可以想去哪裡就去哪裡，親身感受這個世界的美麗之處。這副閃閃發光的模樣，正是讓尤里西斯沉船的原因。

另外，這次尤里西斯的設定應該會讓部分小羊駝有點驚訝，他是羊駝筆下第一個金髮藍眼攻！雖然曾想過要不要設定其他髮色，但感覺聖騎士跟王子是閃閃發亮的身分，所以就設定金髮藍眼了，伊凡則是典型的吸血鬼設定，白髮紅眼（前世是黑髮黑眼）。

尤里西斯是個假信徒，他只是因為色欲薰心，加上神殿福利不錯才成為聖騎士的。其實以伊凡的觀察力應該能看出一點端倪，可惜他被原作誤導了（笑），大家可以猜猜他何時才會發現尤里西斯這人表裡不一。

在寫故事時，我的腦內會有畫面，好像有一臺攝影機在腦海裡撥放影片一樣。寫到尾聲時，我一直很在意一件事。

尤里西斯最後對伊凡說自己要當上聖騎士長，讓吸血鬼與人類和解，兩人在漂亮的小藥草園握手，畫下句點。這一幕在我幻想中是很美好的，可我一直在想……尤里西斯是不是從頭到尾都沒放下澆花壺？

氣氛這麼好，拿著澆花壺也太煞風景了吧？我應該要讓他把澆花壺放下，可好像沒發生什麼要讓他特地放下澆花壺的事，突然描寫一句放下澆花壺好像也有點怪。

不然一開始就不要拿澆花壺？可我就是想描寫他們倆像個平凡人，一起打理花園的樣子……

幾番糾結之下，我決定不更動句子。請大家在看這一幕時，自行剪裁畫面，不要去想像尤里西斯拿著澆花壺的樣子，雖然好像已經來不及了。

這部總共有三集，這集讓阿德曼小可愛與加雷特小壞蛋登場刷個存在感，兩人的戲分在後面，畢竟書名叫反派吸血鬼的求生哲學（笑）。先稍微劇個透，阿德曼是第二集的BOSS，加雷特是第三集的BOSS。（伊凡：主線是把這兩人打入棺材封到地心，懂了）

最後感謝親愛的艾利，因為有你才有這部作品。謝謝你花很多時間跟羊駝討論人設劇情、幫忙校稿，讓可愛的伊凡跟尤里西斯誕生。羊駝會繼續努力寫出讓你還有其他小羊駝喜愛的故事。

也謝謝阿蟬老師，看到美圖的當下，心臟被暴擊，有種美夢被實現的感覺，怎麼可以這麼性感這麼好看？（擦淚）伊凡太漂亮，我都想跟尤里西斯搶了。（尤里西斯：？？？）

也謝謝編輯和其他朧月同仁幫忙！每一次看到自己的書出實體書，出現在架上都很幸福，最後要感謝購入這本書的你們，因為有你們的支持，羊駝才有辦法持續出書。

也歡迎新舊讀者追蹤羊駝的社群，期待能與你們交流這本書的感想！

草草泥

高寶書版集團
gobooks.com.tw

FH089

反派吸血鬼的求生哲學1

作　　者　草草泥
插　　畫　阿蟬
編　　輯　陳凱筠、廖家平
設　　計　林檎
內頁排版　彭立瑋
企　　畫　李欣霓

發 行 人　朱凱蕾
出　　版　朧月書版股份有限公司
Hazy Moon Publishing Co., Ltd
地　　址　臺北市內湖區洲子街88號3樓
網　　址　www.gobooks.com.tw
電　　話　(02) 27992788
電　　郵　readers@gobooks.com.tw（讀者服務部）
傳　　真　出版部　(02) 27990909　行銷部 (02) 27993088
郵政劃撥　19394552
戶　　名　英屬維京群島商高寶國際有限公司台灣分公司
發　　行　英屬維京群島商高寶國際有限公司台灣分公司 / Printed in Taiwan
Global Group Holdings, Ltd.
法律顧問　永然聯合法律事務所
初版日期　2024年7月

國家圖書館出版品預行編目(CIP)資料

反派吸血鬼的求生哲學 / 草草泥著.-- 初版. -- 臺北市
: 朧月書版股份有限公司出版 : 英屬維京群島商高寶國
際有限公司臺灣分公司發行, 2024.07-
面；　公分. --

ISBN 978-626-7362-73-0 (第1冊 : 平裝)

863.57　　113006229

ALL RIGHTS RESERVED
凡本著作任何圖片、文字及其他內容，未經
本公司同意授權者，均不得擅自重製、仿製
或以其他方法加以侵害，如一經查獲，
必定追究到底，絕不寬貸。
版權所有　翻印必究